畢宛嬰　編著

普通話
同音詞
手冊

Pǔtōnghuà Tóngyīncí Shǒucè

責任編輯	郭　楊	
書籍設計	道　轍	
書籍排版	楊　錄	
錄　音	畢宛嬰　陶　媛（普通話）	
	莊如發（粵語）	

書　　名	普通話同音詞手冊	
編　　著	畢宛嬰	
出　　版	三聯書店（香港）有限公司	
	香港北角英皇道 499 號北角工業大廈 20 樓	
	Joint Publishing (H.K.) Co., Ltd.	
	20/F., North Point Industrial Building,	
	499 King's Road, North Point, Hong Kong	
香港發行	香港聯合書刊物流有限公司	
	香港新界荃灣德士古道 220-248 號 16 樓	
印　　刷	美雅印刷製本有限公司	
	香港九龍觀塘榮業街 6 號 4 樓 A 室	
版　　次	2024 年 1 月香港第一版第一次印刷	
規　　格	32 開（130 mm × 190 mm）216 面	
國際書號	ISBN　978-962-04-5377-9	

© 2024 Joint Publishing (H.K.) Co., Ltd.

Published & Printed in Hong Kong, China.

目　錄

序　言

———

　　「同音詞」指的是音同而詞異的語言現象，即聲、韻、調完全相同，而意義存在差異的一組詞，如「益智」、「抑制」和「意志」，普通話讀音都是 yìzhì，但詞義卻不同。

　　香港人學習普通話多年，已有不少普通話語音儲備，這使利用同音詞學習普通話成為可能。

　　畢宛嬰老師長期從事普通話教學和國家普通話水平測試工作，積累了深厚的教學經驗和豐富的學術心得，近幾年她搜集了過萬條普通話同音詞，編撰成《普通話同音詞手冊》，由香港三聯書店出版。從體例和編排上觀察，本書以串聯方式呈現同音詞，使學習者能以簡馭繁、舉一反三地擴大普通話的詞彙量，達至系統地學習同音詞的目的。

　　本書編輯用心，考慮周全，是很好的普通話及中文教學、自學參考書籍。

　　本書具有兩項鮮明的特徵：

　　一、作者將讀音相近或容易混淆的同音詞作比較辨析。例如，作者對比了 jìsì（祭祀、繼嗣）和 jìshì（記事、既是、濟世、濟事、紀事、繼室）兩組同音詞，使讀者馬上清楚明白，了然於心。作者的設計縝密就此可見一斑。

　　二、某些同音詞詞義接近，不易區別，作者就遣詞造句，舉

例說明，如「降服」與「降伏」、「相應」與「相映」等等。故此，本書不僅能使人正讀音，也能教人準確地運用詞語。

值得一提的是，本書還有一些細緻的安排，如某些普通話同音詞在廣東話讀音裏也屬同音詞，作者以橫杠「—」分組鏈接標注，從另一個角度給學習者提供了參考，一舉兩得。總之，本書是專門為香港人學習普通話而編撰的普通話同音詞手冊，具有創新意義。

畢老師是我在香港樹仁大學中文系的同事，除教學外，她兼任普通話培訓測試中心主任多年，長期為木港培訓普通話人才做出貢獻。畢老師的教學表現深受學生好評，學生喜歡上她的課。畢老師出版有關普通話教學的著作甚多，相信本書能為普通話教學和提升學習者中文寫作水平提供一種行之有效的方法，對本港漢語言的教學工作大有助益。

黃君良

香港樹仁大學

協理學術副校長（教學發展）

2023 年 5 月 8 日

凡　例

———

1. 本書條目按漢語拼音音節的字母次序排列。如：

āiháo　哀號　哀嚎　是第一條，zuòkè　做客　作客　是最後
一條。

同在一個拼音字母之下的或同屬一個字母的，則以漢語拼音
第二個字母次序排列，以此類推。如：

shīxiào　失效　失笑　在　shīyì　失意　失憶　詩意　之前。

漢語拼音的字母相同，則按漢語拼音四個聲調的順序排
列。如：

sǎnjì　散記　散劑　在前，sànbù　散佈　散步　在後。

書前設有同音詞首字的音序索引，以便檢索。

2. 粵語亦為同音詞的，以「—」分組鏈接標注。如：

gōngshì　公示—公事—工事　宮室　公室　公式　攻勢

yùshì　遇事—預示—喻示　浴室　預試　喻世

3. 人名、地名或專有名稱，以「＿＿」標注，並在括號中以
正詞法規則另注漢語拼音。如：

hónglì　紅利　宏麗　弘曆（Hónglì）

4. 三字詞語或四字詞語中，只有兩個字與另外一個詞語同音，則用 [ ] 標注該詞語。如：

fǎnshì　反噬　反式 [反式脂肪]

5. 兩個詞語中，若其中一個為必讀輕聲詞語，後用括號標注輕聲讀音。如：

bàochóu　報仇　報酬（bàochou）

兩個詞語中，若其中一個為一般輕讀，間或重讀的詞語，兩字音節中間加圓點「‧」，用括號標注。如：

wèidào　味道（wèi‧dào）　衞道

多數同音詞是輕聲詞語，有一個不是輕聲詞語，用括號標注該詞語的讀音。如：

lìzi　栗子　例子　粒子（lìzǐ）

6. 若詞語有不同寫法，則在推薦字形後用括號標出其他寫法。如：

辨正（辯正）　辨證（辯證、辯症）

宿怨　夙願（宿願）　素願

7. 本書「一」、「不」均標變調。如：

yílǜ　一律　疑慮　　yìjǔ　一舉　義舉

búxiè　不屑　不懈　不謝

8. 一組同音詞中含有兒化詞的，則在詞語後標注「(兒)」。如：

mǐlì 米粒（兒） 靡麗

9. 某些不易區別詞義的同音詞增加例句。如：

āiháo 哀號 — 哀嚎

例 哀號：股市驟跌，許多人損失慘重，哀號遍地。

哀嚎：山坡後時不時傳來餓狼的哀嚎。

10. 個別古雅、生僻或港澳地區讀者不熟悉的內地慣用詞語，增加釋義。如：

yōuyì 優異 憂悒

義 憂悒：憂愁不安。

11. 對發音相近或容易混淆的同音詞，給予比較、辨析。如：

ànshì 暗示 — 暗事 暗室

音 ànshì（暗示、暗事、暗室）與 A-19 àoshì（傲視、傲世）：

「暗」字的漢語拼音是 àn。an 是前鼻音。……

「傲」字的漢語拼音是 ào。……

12. 本書附贈 MP3 錄音，請掃描二維碼或登錄網站：

http://jpchinese.org/download/mandarin。

亦可掃描正文 A-Z 字頭的二維碼進入錄音頁面。

掃碼聽錄音

音序索引

（以同音詞首字音節為序，並括注後出的相應同音字）

掃碼聽錄音

1　āiháo　　　哀號—哀嚎

例　哀號：股市驟跌，許多人損失慘重，哀號遍地。
　　哀嚎：山坡後時不時傳來餓狼的哀嚎。

2　āitòng　　　哀痛　哀慟

例　哀痛：朋友去世，他哀痛欲絕。
　　哀慟：偉人長眠，舉世哀慟。

3　ānxī　　　安息　安溪（Ānxī）

4　àncháo　　　暗潮　暗嘲

音　àncháo（暗潮、暗嘲）與 àicháo（愛巢）：
　　「暗」字的漢語拼音是 àn。an 是前鼻音。由 a 開始發音，但發 a 時舌尖往前一點輕觸下齒背。發完 a 後，舌面稍微上升，舌尖離開下齒背直奔上門齒後的上牙床，舌尖抵住上牙床後發 -n，口腔出氣的通道堵住，氣流從鼻孔出去。

「愛」的漢語拼音是 ài。發 ai 時，先發 a，但發 a 時舌尖往前一點輕觸下齒背，舌不動，口形漸閉，過渡到 i。口形由大圓到扁。

A

5　àndàn　　暗淡　黯淡

例　暗淡：屋裏燈光暗淡。
　　黯淡：他覺得前途黯淡，沒有希望。

6　ànhào　　暗號　案號

7　ànhé　　暗合　暗盒　暗河

8　ànjiàn　　案件　按鍵　暗箭

9　ànlì　　案例　按例

例　案例：今天教授給我們分析了好幾個典型案例。
　　按例：家庭經濟困難的學生，可以按例申請補助。

10　ànliàn　　暗戀　暗練

11　ànqì　　暗器　暗泣

12　ànrán　　黯然　岸然

例　黯然：看到她黯然落淚的樣子，我們也很難過。
　　岸然：像他這種道貌岸然的偽君子，你離他遠一點。

13　ànshā　　暗殺　暗沙

14　ànshè　　暗射　暗設

15　ànshì　　暗示　暗事　暗室

ànshì（暗示、暗事、暗室）與 A-19 àoshì（傲視、傲世）：

「暗」字的漢語拼音是 àn。an 是前鼻音。由 a 開始發音，但發 a 時舌尖往前一點輕觸下齒背。發完 a 後，舌面稍微上升，舌尖離開下齒背直奔上門齒後的上牙床，舌尖抵住上牙床後發 -n，口腔出氣的通道堵住，氣流從鼻孔出去。

「傲」字的漢語拼音是 ào。ao 由發 a 開始，然後舌頭一直後縮，舌位逐漸上升，唇形逐漸收攏發 o。是由大圓嘴 a 向中圓嘴 o 的過渡。

16　àntóu　　案頭　岸頭

17　ànxià　　暗下　按下　案下

18　ànyǔ　　暗語　按語（案語）

例　暗語：這兩個間諜正在用暗語接頭。

按語：總編讓我寫一段「編輯按語」，放在這篇報導的前面。

19　àoshì　　傲視　傲世

例　傲視：他的武功傲視群雄，十年之內無敵手。

傲世：他這個人，清高傲世。

掃碼聽錄音

1	bǎzi	靶子 — 把子 [拜把子]
2	báibān	白班 — 白斑
3	báibǎn	白板 — 白版

例 白板：教室裏有一塊白板。

白版：總編輯不喜歡這本書白版太多。

4	báichī	白癡　白吃

例 白癡：連這麼簡單的道理都不懂，怪不得有人說你是白癡。

白吃：他在我家白吃白住了一個月。

5	báihuà	白話　白樺　白化
6	báijuàn	白卷　白絹

7   báilián   白鱭 [白鱭魚] — 白蓮 [白蓮教]

8   báilù   白鷺   白露

9   báiqí   白棋   白旗 — 白鰭 [白鰭魚]

10   báishǒu   白手   白首

例 白手：他白手起家創辦了這家公司。
　　白首：爺爺寫了回憶錄《白首話當年》。

11   báiyáng   白楊   白羊 [白羊座]

12   báiyè   白夜   白頁

13   báizhǐ   白紙   白芷（Báizhǐ）

14   bǎidù   百度   擺渡

15   bǎihuò   百貨   擺貨

16   bǎishì   百世   百事

17   bǎiyè   百頁 — 百業 — 百葉

音 B-12 báiyè（白夜、白頁）與 bǎiyè（百頁、百業、百葉）：
「白」字的聲調是第二聲，是升調。第二聲從低向高往上升。

「百」字的聲調是第三聲，是曲（qū）調。第三聲先往下降再往上升。

18 bàixiè 拜謝 敗謝

19 bānhén 斑痕 瘢痕

例 斑痕：白襯衫上有鐵鏽的斑痕。

瘢痕：傷口癒合後留下了瘢痕。

20 bānjī 班機 扳機

21 bānzi 班子 扳子

例 班子：新一屆領導班子上任了，大家拭目以待。

扳子：工具箱裏鉗子及開口扳子、活口扳子都有。

22 bǎnshì 板式 版式

例 板式：板式是戲曲唱腔的節拍形式，如京劇中的慢板、二六、流水等。

版式：版式就是版面的格式，你知道嗎？

23 bàndǎo 半島 絆倒

24 bànshǎng 半上 半晌

例 半上：普通話老師說，半三聲也叫「半上」。

半晌：這家戲院太遠了！走了半晌才走到。

25	bànshēng	半生　伴生　伴聲

26	bànshì	辦事　半世　扮飾

27	bànyīn	半音　伴音

28	bāngzi	梆子　幫子

例　梆子：「河北梆子」是中國北方傳統戲曲劇種之一。

　　幫子：她把白菜幫子都扔了，太浪費了。

29	bāogōng	包公（Bāogōng）　包工

30	bāohán	包含　包涵

例　包含：我覺得老闆的話包含了好幾層意思。

　　包涵：她說：「唱得不好，請多多包涵！」

31	bāoyùn	包孕　包蘊

例　包孕：她的信裏包孕著無盡的思念之情。

　　包蘊：簡短的幾句話卻包蘊著很深的哲理。

32	bāozǐ	包子（bāozi）　孢子

音　「子」字是第三聲，但「包子」是輕聲詞語，故「子」的拼音是沒有聲調的。

33	bǎojià	保價　保駕

| 34 | bǎojiàn | 保健 | 保薦 | 寶劍 | 寶鑒 |

| 35 | bǎojuàn | 寶眷 | 寶卷 |

（義）寶眷：敬辭，稱對方的家眷。

寶卷：一種講唱文學形式。

| 36 | bǎomǔ | 保姆 | 鴇母 |

| 37 | bàobiǎo | 報表 | 爆表 |

（例）報表：我今晚要加班完成財務報表。

爆表：聽說這部電視劇的演員顏值爆表，值得期待。

| 38 | bàobìng | 抱病 | 暴病 |

| 39 | bàochóu | 報仇 | 報酬（bàochou） |

（例）報仇：他相信，一定有報仇雪恨的那一天。

報酬：這份兼職工作的報酬很不錯。

| 40 | bàodào | 報到 | 報道 |

| 41 | bàofā | 爆發 | 暴發 |

（例）爆發：戰爭爆發了，面對侵略者，群情激憤如火山爆發。

暴發：那個暴發戶在山洪暴發中遇難了。

| 42 | bàofù | 報復（bào·fù） | 抱負 | 暴富 |

43 bàoguān   報關   報官

44 bàohuā   報花   刨花

45 bàolì   暴力   暴利   暴戾

46 bàoliào   報料   爆料

⟨例⟩ 報料：是市民報料，電視台記者才去採訪的。

報料：那消息太震撼了，爆料人膽子太人了！

47 bàoshī   報失   暴屍

48 bàoshí   報時   暴食

⟨音⟩ B-47 bàoshī（報失、暴屍）與 bàoshí（報時、暴食）：

「失」字的聲調是第一聲，是高平調。第一聲不升不降，是平調。

「時」字的聲調是第二聲，是升調。第二聲從低向高往上升。

49 bàotíng   報亭   報停

50 bàotóu   報頭   爆頭   抱頭 ［抱頭痛哭］

51 bàoxiào   爆笑   報效

⟨例⟩ 爆笑：相聲演員的表演引得觀眾發出一陣陣爆笑聲。

報效：戰爭爆發，他棄筆從戎，報效國家。

52	bēimíng	悲鳴	碑銘
53	bēiqī	悲戚	悲悽
54	bēitòng	悲痛	悲慟

例 悲痛：化悲痛為力量。
　 悲慟：敬愛的父親突然去世，他悲慟欲絕。

55	bèifèn	備份	輩分
56	bèihuò	備貨	背貨
57	bèijǐng	背景	背井 ［背井離鄉］
58	bèilǐ	悖理	被裏
59	bèimiàn	背面	被面
60	bèiqì	背氣	背棄
61	bèishù	倍數	輩數
62	bèizi	被子	輩子
63	běnbù	本部	本埠

64　běnyì　　本意　本義

例　本意：他的本意是好的，只是不會說話，得罪了同事。
　　本義：「眼」字的本義是「眼睛」，「眼光」、「眼界」是引申義。

65　běnyuán　　本源　本原

例　本源：想象力是創造力的本源之一。
　　本原：本原是一切事物的最初根源，你知道嗎？

66　bǐjià　　比價　筆架

67　bǐlì　　比例　筆力

68　bǐshì　　筆試　鄙視　比試　筆勢

69　bǐyì　　筆譯　筆意　比翼 [比翼齊飛]

70　bǐzhí　　筆直　比值

71　bìjīng　　閉經　必經 [必經之路]

72　bìjìng　　畢竟　畢敬 [畢恭畢敬]

73　bìlù　　畢露　閉路 [閉路電視]

74　bìmù　　閉幕　閉目 [閉目養神]

75	bìxǐ	碧璽　敝屣

76	bìxié	避邪　辟邪

例 避邪：師傅說，用符咒等避免邪祟叫「避邪」。

辟邪：相傳貔貅有鎮宅辟邪的作用。

77	bìxū	必須──必需

例 必須：你必須努力訓練，才能拿到冠軍。

必需：生活必需品這家大超市幾乎都有。

78	biǎnyì	貶義　貶抑

79	biǎnzhí	貶值　貶職

80	biànhuàn	變換　變幻

81	biànmíng	辨明──辯明

82	biànxié	便攜　便鞋

音 biànxié（便攜、便鞋）與 B-76 bìxié（避邪、辟邪）：

「便」字的韻母 ian 是前鼻音。先發扁嘴的 i，之後發 an，但發這個 a（ê）時舌位稍微高一點。

「避」字的韻母 i 是單韻母，口形是扁的，嘴角盡量向左右展開，舌位最高。

83	biànyīn	變音	辨音

84	biànzhèng	辨正（辯正）	辨證（辯證、辯症）

85	biāogāo	標高	飆高

86	biāoshí	標識	標石

87	biāozhì	標誌	標緻

例　標誌：這個牌子的標誌設計得很有創意，看一眼就記住了。

標緻：這個女孩長得很標緻。

88	biéshù	別墅	別樹〔別樹一幟〕

89	bīngjiàn	兵諫	兵艦

90	bīngshì	冰室	兵士

91	bīngyuán	兵員	兵源	冰原

92	bīngzhǒng	兵種	冰種

93	bǐnggān	餅乾	丙肝

94	bǐngqì	屏棄	屏氣

95　bǐngxī　　屏息　丙烯

96　bǐngxìng　　秉性　稟性

(例)　秉性：他們兄弟倆長得很像，卻秉性各異。
　　稟性：俗話說「江山易改，稟性難移」。

97　bǐngzhèng　　秉正—秉政

98　bìng'àn　　病案　併案

(義)　併案：案件、方案或提案合併在一起處理。

99　bìngfā　　病發　併發

100　bìngjià　　病假　並駕　[並駕齊驅]

101　bìnglì　　病例　病歷　並立　併力

102　bìngshì　　病勢　病逝

(音)　B-90 bīngshì（冰室、兵士）與 bìngshì（病勢、病逝）：
　　「冰」字的聲調是第一聲，是高平調。第一聲不升不降，是
　　平調。
　　「病」字的聲調是第四聲，是降調。第四聲從高往低向下降。

103　bìngyuán　　病員—病源　病原

(例)　病源：找不到病源，很棘手。

病原：病原體種類很多。

104 bìngzhòng 病重 並重

105 bìngzhū 病株 病豬

106 bōdòng 波動 撥動

⑳ 波動：蔬菜價格隨氣候變化波動是正常的。
撥動：她輕輕撥動琴弦，姿態優美。

107 bōlán 波瀾 — 波蘭（Bōlán）

108 bōlí 剝離 玻璃（bōli）

109 bōnòng 撥弄 播弄

110 bōpǔ 波譜 波普 [波普藝術]

111 bōshù 波束 波數

112 bōyīn 播音 波音

113 bówén 博文 博聞 [博聞強記]

114 búbiàn 不變 不便 不辨 [不辨菽麥]

115 búdài 不帶 不待

116 búdàn 不但 不憚

117 búdòng 不動 [不動聲色] 不凍 [不凍港]

118 búhuì 不會 不諱

119 bújì 不計 不濟

120 bújìn 不盡 不近 [不近人情]

121 búlì 不利 不力

122 búshì 不是 不適

123 búwèi 不謂 不為 [不為五斗米折腰]

124 búxiè 不屑 不懈 不謝

125 búyì 不易 不義 不意
不亦 [不亦樂乎] 不翼 [不翼而飛]

126 búzhì 不致 不置 不至 [不至於] 不治

127 bǔshí 補時　捕食

128 bǔyǎng 補養　哺養

129 bùchǐ 不齒─不恥

例 不齒：這種人是非不分，令人不齒。
　　不恥：孔子教導我們要敏而好學，不恥下問。

130 bùdān 不丹 (Bùdān)─不單

131 bùdào 佈道　步道

132 bùfá 步伐　不乏

133 bùfáng 不妨　佈防

134 bùfú 不服　不符

135 bùgōng 不公─不攻 [不攻自破]

136 bùhé 不和　不合

137 bùjí 不及　不急　不即 [不即不離]

138 bùjǐng 佈景　不景 [不景氣]

139 bùjué 不覺 不絕 不決 [猶豫不決]

140 bùkān 不堪 不刊 [不刊之論]

141 bùmíng 不明 不名 [不名一文]

142 bùshí 不時 不識 [不識抬舉]

不食 [不食之地]

143 bùshǔ 部屬 部署

144 bùtóu 部頭 埠頭 布頭

音 bùtóu（部頭、埠頭、布頭）與 B-50 bàotóu（報頭、爆頭、抱頭 [抱頭痛哭]）：

「部」字的韻母 u 是單韻母。發音時上下唇收攏呈小圓形，雙唇向前突出（如撅嘴）。

「報」字的韻母是 ao。ao 由發 a 開始，然後舌頭一直後縮，舌位逐漸上升，唇形逐漸收攏。是由大圓嘴 a 向中圓嘴 o 的過渡。

145 bùwéi 不惟 不為 [無所不為]

146 bùxiáng 不詳 不祥

147 bùxíng 不行 步行

148 bùxiū　不休　不修 [不修邊幅]

149 bùyī　不一　布衣

150 bùyí　不宜—不疑 [不疑有他]

　　不遺 [不遺餘力]

151 bùyǐ　不已—不以 [不以為然]

152 bùzhī　不知—不支—不枝 [不蔓不枝]

153 bùzhí　不值—不直

154 bùzhǐ　不止—不只

⑩　不止：看樣子，他恐怕不止六十歲。

　　不只：河水不只可供灌溉，還可以發電。

155 bùzi　步子　簿子

156 bùzú　不足　部族

1　cáiduó　　裁奪　裁度

例　**裁奪**：這件事如何處理，還需總經理裁奪。

　　裁度：元帥定會裁度退敵之計，大家放心吧！

2　cáijiǎn　　裁減　裁剪

3　cáilì　　才力　財力　財利

4　cáiqì　　才氣　財氣

5　cáiwù　　財物　財務

6　cáiyuán　　財源　裁員

7　cáizhì　　才智　材質　裁製

8	cǎidàn	彩旦	彩蛋		
9	càipǔ	菜譜	菜圃		
10	càishì	菜式	菜市		
11	cānhé	餐盒	參合	參劾	
12	cānjiàn	參見	參建		
13	cānzhèng	參政	參證		
14	cánshā	殘殺	蠶沙		
15	cǎodiànzi	草墊子	草甸子		
16	cèlì	冊立	策勵		

義 策勵：督促勉勵。

17	cèshì	測試	側室	側視	策士
18	chāhuà	插畫	插話		
19	chāshǒu	插手	叉手		

C

20　chádiǎn　　茶點　查點

21　chákàn　　查看　察看

⑩　**查看**：司機鑽到車底下，查看汽車損壞的部位。

　　察看：省長走遍全省察看災情。

22　chákǒu　　碴口　茬口

23　cháshí　　查實　茶食

24　cháxún　　查詢　查尋

⑩　**查詢**：小李在查詢小張的電話號碼。

　　查尋：他到民政局查尋失散多年的親人。

25　cháyè　　茶葉　查夜

26　chàzi　　杈子　岔子　汊子

27　chāishǐ　　差使　差事（chāishi）

⑩　**差使**：經理總差使人為他幹私事。

　　差事：大家都覺得他被派到海外出差是個好差事。

28　chányán　　讒言　巉岩

29　chányuán　　嬋媛　潺湲

30 chánggǔ　長骨　長鼓

31 chánglóng　長龍　長隆（Chánglóng）

32 chángmíng　長鳴　長明 [長明燈]

33 chángqíng　長情　常情

34 chángshé　長舌　長蛇 [長蛇陣]

35 chángshí　常識　常時

36 chángshì　嘗試　常事

37 chángwù　常務　長物 [身無長物]

38 chángxiāo　長銷　常銷

39 chángxiào　長效　長嘯

40 chángxīn　嘗新　常新 [歷久常新]

41 chángyán　腸炎　常言

🔊 chángyán（腸炎、常言）與 C-28 chányán（讒言、巉岩）：
「腸」字的韻母 ang 與「讒」字的韻母 an 都是鼻音。不同的

是韻尾，-ng 是後鼻音，-n 是前鼻音。

ang 是後鼻音，由 a 開始發音，然後舌頭後縮，舌根上升，封閉口腔通路，發後鼻音 -ng。

an 是前鼻音，由 a 開始發音，但發 a 時舌尖往前一點輕觸下齒背。發完 a 後，舌面稍微上升，舌尖離開下齒背直奔上門齒後的上牙床，舌尖抵住上牙床後發 -n，口腔出氣的通道堵住，氣流從鼻孔出去。

42	chángyè	長夜	腸液	
43	chángyī	長衣 — 腸衣	
44	chángzhù	常住	長駐	常駐 [青春常駐]
45	chǎngzi	廠子	場子	
46	chàngyì	倡議	暢意	
47	chàngyóu	暢游 — 唱遊	
48	chāoshēng	超聲 — 超升	超生
49	chāozhuó	超卓	超擢	

義 超擢：升遷；越級提升。

| 50 | chēchǎng | 車廠 | 車場 | |

51　chēgōng　車工　車公（Chēgōng）

52　chēpéng　車棚　車篷

53　chēqián　車前　車錢

54　chēxíng　車型　車行［車行道］

55　chénbào　晨報　塵暴

56　chénjì　沉寂　陳跡

57　chénmò　沉默　沉沒

58　chénshì　陳事　陳氏（Chénshì）　塵事　塵世

59　chényì　沉抑　沉毅

例　沉抑：聽著這沉抑的曲調，她更難過了。
　　沉毅：這個男人的性格穩健沉毅。

60　chéngbàn　承辦　懲辦

61　chéngcái　成才　成材

62　chéngchuán　承傳　乘船

63　chéngduì　　承兌—成對

64　chéngfá　　懲罰　承乏

（義）承乏：暫任某職的謙稱。

65　chéngjī　　乘機　乘積

66　chéngjì　　成績　城際　承繼

（音）chéngjì（成績、城際、承繼）與 C-56 chénjì（沉寂、陳跡）：
「成」字的韻母 eng 與「沉」的韻母 en 都是鼻音。不同的是
韻尾，-ng 是後鼻音，-n 是前鼻音。
發 eng 由 e 開始，然後口微開，舌頭向後縮，舌根上升，封
閉口腔通路，發後鼻音 -ng。
發 en 由 e 開始，舌尖隨即稍微向前伸，抵住上牙床，封閉
口腔通路，發前鼻音 -n。

67　chéngjiàn　　成見—承建—城建　成鍵 [成鍵軌域]

68　chéngjiāo　　成交—城郊　呈交

69　chénglì　　成立　成例

70　chéngqì　　成器　盛器

71　chéngrén　　成人—成仁 [取義成仁]—乘人 [乘人之危]

72 chéngshí 誠實 乘時

73 chéngshì 程式 城市 成事 乘勢

(音) chéngshì（程式、城市、成事、乘勢）與 C-58 chénshì（陳
事、陳氏、塵事、塵世）：

「程」字的韻母 eng 與「陳」的韻母 en 都是鼻音。不同的是
韻尾，-ng 是後鼻音，-n 是前鼻音。

發 eng 由 e 開始，然後口微開，舌頭向後縮，舌根上升，封
閉口腔通路，發後鼻音 -ng。

發 en 由 e 開始，舌尖隨即稍微向前伸，抵住上牙床，封閉
口腔通路，發前鼻音 -n。

74 chéngshù 成數 乘數

75 chéngxiàn 呈現 呈獻 程限

76 chéngxīn 誠心 成心

(例) 誠心：我是誠心誠意來道歉的。
成心：你是不是成心跟我過不去？

77 chéngxíng 成行 成形 成型

(例) 成形：種的西紅柿已經成形，真開心！
成型：他說，產品加工後，成為所需要的形狀叫「成型」。

78 chéngyīn 成因 成蔭 [綠樹成蔭]

79　chéngyuán　成員—乘員　城垣

80　chéngzhì　誠摯—承志　承製　懲治

81　chīxiào　嗤笑—癡笑

⑨　**嗤笑**：他經常做出一些可笑的行為，為人嗤笑。

　　癡笑：她不知看到了什麼，一直看著手機癡笑，像個傻子。

82　chīxīn　癡心—吃心

⑨　**癡心**：她對那個明星癡心一片，朋友對她說：「你想嫁給他？別癡心妄想了！」

　　吃心：剛才我們倆沒說你，你別吃心。

83　chīzuì　吃罪—癡醉

84　chímù　馳目—遲暮

85　chítáng　池塘—池堂

86　chìlìng　飭令—敕令

⑨　**飭令**：這件事上司飭令查辦。

　　敕令：我告訴你，「敕令」就是皇帝下達的命令。

87　chōngguān　衝關　衝冠　[怒髮衝冠]

88　chōngjī　　衝擊　沖積　充飢

89　chōngxǐ　　沖洗　沖喜

90　chóngyáng　重洋　重陽　崇洋 [崇洋媚外]

91　chǒuhuà　　醜化　醜話

92　chūbǎn　　出版　初版

93　chūchǎng　　出場　出廠

94　chūgé　　出格　出閣

例　出格：你這件事做得出格了。
　　出閣：在古代，女孩子十五六歲就出閣嫁人了。

95　chūgōng　　出工　出恭　出宮

96　chūjià　　出價　出嫁

97　chūjiè　　出界　出借

音　chūjiè（出界、出借）與 C-96 chūjià（出價、出嫁）：
　　「界」字的韻母 ie 與「價」的韻母 ia 的不同之處是發 ie 韻尾
　　時嘴是扁的，發 ia 韻尾嘴要張大。
　　ie 由 i 開始發音，舌位漸漸下降，到 e（ê）止。i 緊而短，e

（ê）響而長。

ia 由 i 開始發音，舌位漸漸下降，趨向中央到 a 止。i 緊而短，a 響而長。

98	chūjìng	出境　出鏡

99	chūlái	初來　出來（chū·lái）

100	chūqí	出奇―出其［出其不意］　出齊

101	chūsài	出賽―出塞　初賽

102	chūshēng	出生　出聲　初生　初升

103	chūshì	出示―出仕　出事　出世　初試

104	chūxiàn	出現　出綫　初現

105	chūxīn	初心　出新［推陳出新］

（音）chūxīn（初心、出新［推陳出新］）與 C-82 chīxīn（癡心、吃心）：

「初」字的韻母 u 是單韻母。發音時上下唇收攏呈小圓形，雙唇向前突出（如撅嘴）。

「吃」字的漢語拼音 chī 是「整體認讀音節」，發音時把聲母「ch」稍微拉長一點即可，「i」不用理會。

106 chūxún　　出巡　初旬

107 chūyè　　初葉　初夜　出液

108 chūyù　　出浴　出獄　初遇

109 chūzhàn　　出戰　出站　初戰　初綻 [蓓蕾初綻]

110 chūzhěn　　出診　初診

111 chūzhōng　　初中　初衷

112 chúxī　　除夕　除息

113 chúyì　　廚藝　芻議

114 chǔshì　　處世　處事

例　處世：他學問很好，但為人處世這方面不行。
　　處事：王經理工作中處事嚴肅，但私底下十分和藹。

115 chǔzhì　　處治　處置

例　處治：任何人犯法都要依法處治。
　　處置：這件事可是你處置失當。

116 chùlì　　矗立　畜力

31

117 chuánshòu 傳受 — 傳授

例 **傳受**：他一直在傳受佛法。

傳授：這門手藝是他爺爺傳授下來的。

118 chuánsòng 傳誦 — 傳頌 — 傳送

119 chuányì 傳譯 — 傳藝

120 chuāngkǒu 窗口 — 創口 — 瘡口

121 chuàngjiàn 創見 — 創建

122 chuànglì 創立 — 創利

音 chuànglì（創立、創利）與 C-116 chùlì（矗立、畜力）：

「創」字的韻母 uang 是後鼻音。先發 u 再發 ang。是由小圓嘴 u 向大嘴 ang 的過渡。

「矗」字的韻母 u 是單韻母。發音時上下唇收攏呈小圓形，雙唇向前突出（如撅嘴）。

123 chuàngyì 創意 — 創議

124 chuílián 垂憐 — 垂簾

例 **垂憐**：那位歌姬在湖邊獨自垂淚，惹人垂憐。

垂簾：慈禧太后垂簾聽政多年。

125 chūnxùn　春訓　春汛

126 chúnzhēn　純貞　純真

127 cíhuà　詞話　磁化　雌化

128 cítiáo　詞條　磁條

129 cíxìng　詞性　磁性　雌性

130 cìmù　刺目　次目

131 cóngróng　從容　從戎

132 cóngxīn　從新　從心〔從心所欲〕

133 cuàngǎi　篡改　竄改

例　篡改：歷史不容篡改！

　　竄改：轉載別人的文章，不能竄改原文！

134 cúnxù　存續　存蓄

例　存續：夫妻關係存續期間所得財產由雙方共有。

　　存蓄：他是開店的，這些年多少有了些存蓄。

135 cùnjìn　寸進　寸勁（兒）

D

掃碼聽錄音

1 dáguān 　達觀　達官

2 dǎgōng 　打工　打躬 [打躬作揖]

3 dǎjià 　打價　打架

4 dǎpào 　打炮　打泡

5 dǎyàng 　打樣　打烊

例 **打樣**：印刷之前印出樣張供校對用，叫「打樣」。

　打烊：小店已經打烊了，請客官明日再來。

6 dàdù 　大度　大肚 [大肚子]

7 dàfù 　大副　大富 [大富大貴]

　　　　大腹 [大腹便便]

34

8 dàgài 大概 大蓋 [大蓋帽]

9 dàgōng 大功 — 大公 [大公無私]

10 dàguān 大觀 — 大官 大關

🔈 dàguān（大觀、大官、大關）與 D-1 dáguān（達觀、達官）：
「大」字的聲調是第四聲，是降調。第四聲從高往低向下降。
「達」字的聲調是第二聲，是升調。第二聲從低向高往上升。

D

11 dàhàn 大漢 大旱 大汗 [大汗淋漓]

12 dàjì 大計 大忌

13 dàjié 大節 — 大捷 大劫

14 dàlù 大陸 大路

15 dàquán 大全 大權

16 dàshì 大事 — 大是 [大是大非] 大勢 大市

17 dàxíng 大型 — 大刑 大行 [大行其道]

18 dàyì 大義 大意

19	dàzhàn	大戰	大站		
20	dàzhì	大致	大智	大志	大治
21	dàijià	代價	代駕		
22	dàixù	待續	代序		
23	dāndú	單獨	丹毒		
24	dānjià	單價	擔架		
25	dānjù	單句	單據		
26	dānshēn	單身	丹參		
27	dānxiàng	單向	單項		
28	dānxīn	丹心	擔心		
29	dānxìng	單性	單姓		
30	dānyī	單一	單衣		
31	dǎnzi	膽子	撣子		

D

32 dànbó 　　淡泊　淡薄

例 淡泊：他這個人，淡泊名利，心如止水。
　　淡薄：有人說，香港這個地方人情淡薄，我不同意。

33 dànhuà 　　淡化　氮化

34 dànqīng 　　蛋清　淡青

35 dànshì 　　但是　淡市

36 dāngshì 　　當事　當世

37 dǎobì 　　倒閉　倒斃

38 dǎoxiū 　　倒休　導修

39 dào'àn 　　盜案　到案　到岸 [到岸價格]

40 dàochǎng 　　到場　道場

41 dàoguàn 　　倒灌　道觀

42 dàojiā 　　到家　道家（Dàojiā）

43 dàoxù   倒敘 ── 倒序

(音) dàoxù（倒敘、倒序）與 D-22 dàixù（待續、代序）：

「倒」字的韻母 ao 和「待」的韻母 ai 都是複韻母。

ao 由發 a 開始，然後舌頭一直後縮，舌位逐漸上升，唇形逐漸收攏。是由大圓嘴 a 向中圓嘴 o 的過渡。

發 ai 時，先發 a，但發 a 時舌尖往前一點輕觸下齒背，舌不動，口形漸閉，過渡到 i。口形由大圓到扁。

44 dàozi   稻子 ── 道子

45 dézhì   得志 ── 德治

46 dēnglù   登陸 ── 登錄

47 dēngshì 燈飾 ── 燈市

48 dēngtái 登台 ── 燈台

49 dīxiàn   低限 ── 低陷

50 dízǐ   嫡子 ── 笛子（dízi）

51 dǐxiàn   底綫 ── 底限

52 dǐxiāo 抵消 抵銷

例 **抵消**：這兩種藥不能同時吃，否則藥力就抵消了。

抵銷：這個講座的題目是「什麼情況下可以抵銷債務？」。

53 dìjí 地籍 地極 地級 [地级市]

54 dìjiāo 遞交 締交

55 dìjiè 遞解 地界

56 dìlì 地利 地力

57 dìqì 地契 地氣

58 dìwáng 地王 帝王

59 dìyī 地衣 第一

60 dìyù 地獄 地域

61 dìzhì 地質 帝制

62 diǎnbō 點播 點撥

例 **點播**：每晚八點，聽眾可以打電話到電台點播歌曲。

點撥：這個年輕人很聰明，一點撥他就明白。

63	diǎnhuà	點化	點畫	
64	diǎnmíng	點名	點明	
65	diànchǎng	電場	電廠	
66	diànchuán	電傳	電船	
67	diàncí	電瓷	電磁	
68	diànhè	電賀	電荷	
69	diànhuà	電話	電化	墊話
70	diànjī	電擊	電機	奠基
71	diànqì	電氣	電器	
72	diànshì	電視	殿試	
73	diàntáng	店堂	殿堂	
74	diànyóu	電郵	電遊	
75	diàogān	釣竿	吊杆	

76 diàozhí 調職 調值

77 dǐngfēng 頂風 頂峰

78 dǐnglì 鼎立 鼎力

79 dìngjīn 訂金 定金

例 訂金：我告訴你，其實訂金就是預付款。

定金：他說，「定金」具有擔保作用，「訂金」就沒有。

D

80 dìnglì 訂立 定力 定例

81 dìngshí 定食 定時

82 dìngshì 定式 定勢

83 dìngwèi 訂位 定位

例 訂位：那家餐廳很受歡迎，你早點兒打電話訂位。

定位：他研究的是衛星定位系統。

84 dōngjīng 東經 東京（Dōngjīng）

85 dǒngshì 董事 懂事

86 dòuzhì 鬥志 鬥智

87 dūchá　　督察　督查

（例）　**督察**：他是個衛生督察。

　　　　督查：一定要加強安全生產督查。

88 dúfàn　　毒犯　毒販

89 dújì　　毒計　毒劑

90 dúlì　　獨力　獨立

91 dúmù　　獨木 [獨木舟]　　獨幕 [獨幕劇]

92 dúwǔ　　獨舞　黷武

（義）　**黷武**：濫用武力；濫施攻伐。

93 dùguò　　度過　渡過

（例）　**度過**：難以想象那些艱難的日子他是怎麼度過的。

　　　　渡過：這四個人成功渡過英吉利海峽。

94 duǎnxùn　　短訊　短訓

95 duànzi　　段子　緞子

96 duìfù　　兌付　對付（duìfu）　隊副

D

42

97　duìyì　　　對譯 — 對弈

98　duìzhèng　　對證 — 對症

99　duìzhì　　　對質 — 對峙

(音) duìzhì（對質、對峙）與 D-86 dòuzhì（鬥志、鬥智）：

「對」字的韻母是 uei（ui），先發 u 後發 ei，舌位先降後升，
由後到前。

「鬥」字的韻母是 ou，先發 o 後發 u，但發 o 時唇形比發單
韻母 o 時微微收攏一點，舌位稍微後移、上升。

D

E

E

1 éméi   娥眉 — 峨眉 [峨眉山]

2 étóu   額頭   鵝頭

3 èliè   惡劣   腭裂

4 èyì   惡意   遏抑

5 èzhì   扼制   遏制

⑩ **扼制**：雖然你很氣憤，但你也要扼制你的怒火。

遏制：一定要遏制敵人的進攻，否則我們會打敗仗。

F

1 fābiāo 發標 發飆

2 fājué 發掘 發覺

例 發掘：他的論文的題目是《如何發掘個人潛能》。

發覺：我發覺李小姐今天有點神不守舍。

3 fāshēng 發聲 發生

4 fāshì 發誓 發市

5 fāyán 發言 發炎

6 fǎzhì 法制 法治

例 法制：這裏法制健全，人民生活安定。

法治：法治社會是人人嚮往的。

7 fānchuán   帆船   翻船

8 fānyuè   翻閱 — 翻越

9 fánshì   凡是 — 凡事

10 fǎnshì   反噬   反式 [反式脂肪]

11 fǎnyìng   反應   反映

例 反應：守門員沒反應過來，球就進了。
反映：這個情況你應該向上級反映一下。

12 fǎnzhèng   反正 — 反證

13 fànlì   範例   飯粒

14 fāngshì   方式   方士

音 fāngshì（方式、方士）與 F-4 fāshì（發誓、發市）：
「方」字的韻母 ang 是後鼻音。由 a 開始發音，然後舌頭後
縮，舌根上升，口腔通路封閉，發後鼻音 -ng。
「發」字的韻母 a 是單韻母。發 a 時口大開，舌面中間稍微
隆起，舌位最低。

15 fāngxīn   芳心   芳馨

16 fángshì 房市 房事

17 fàngqíng 放晴 放情

㉕ 放晴：一連下了五天雨，今天終於放晴了。
放情：多年的願望實現了，終於可以放情高歌了！

18 fàngshēng 放生 放聲

19 fēihóng 緋紅 飛鴻 飛紅

20 fēiyuè 飛躍 飛越

21 fèiqì 廢棄 廢氣

22 fèizhǐ 廢止 廢址 廢紙

23 fēnbiàn 分辨 分辯

㉕ 分辨：他沒有分辨是非的能力。
分辯：你們愛說什麼就說什麼，我不想分辯。

24 fēnfù 分赴 吩咐

25 fēnhóng 分紅 分洪

26 fēnliè 分列 分裂

27	fènjī	奮激 — 憤激 — 奮擊
28	fēnghóu	封侯 — 封喉 [見血封喉]
29	fēngjìng	風鏡 — 封鏡
30	fēngkǒu	封口 — 風口
31	fēngmào	風貌　風帽　豐茂
32	fēngshā	風沙　封殺
33	fēngshàn	風扇　封禪
34	fēngyī	風衣 — 豐衣 [豐衣足食]
35	fèngxì	縫隙　奉系 (Fèngxì)〔奉系軍閥〕
36	fúchén	拂塵　浮沉　浮塵
37	fúhuá	浮華　浮滑
38	fújī	伏擊　扶乩
39	fúlì	福利　浮力

40	fúmiàn	浮面　拂面　幅面
41	fúshì	服式　服飾　浮世　拂拭　服侍
42	fúshū	服輸　扶疏

例 服輸：你既然不服輸，那就再賽一場吧。

扶疏：公園裏綠草如茵，花木扶疏，美極了。

43	fúyóu	浮游　蜉蝣
44	fúyuán	幅員　浮員
45	fǔbì	輔幣　輔弼
46	fǔshí	輔食　腐蝕　俯拾 [俯拾皆是]
47	fǔyǎng	撫養　俯仰
48	fùbèi	父輩　腹背
49	fùběn	副本　複本
50	fùchū	付出　復出
51	fùhé	複合　復核

F

52　fùhè　　　負荷　附和

fùhè（負荷、附和）與 F-51 fùhé（複合、復核）：

「荷」是多音字，這裏「荷」字的聲調是第四聲，是降調。
第四聲從高往低向下降。

「合」字的聲調是第二聲，是升調。第二聲從低（調值 3）向
高往上升。

53　fùkān　　　副刊　復刊

54　fùkē　　　副科　婦科

55　fùshì　　　復試　複式　復市

56　fùshù　　　復述　負數　複數　富庶

音 fùshù（復述、負數、複數、富庶）與 F-55 fùshì（復試、複
式、復市）：

「述」字的韻母 u 是單韻母。發音時上下唇收攏呈小圓形，
雙唇向前突出（如撅嘴）。

「試」字的漢語拼音 shi 是「整體認讀音節」，發音時把聲母
「sh」稍微拉長一點即可，「i」不用理會。

57　fùshuǐ　　　腹水 ─ 覆水 ［覆水難收］

58　fùxiàn　　　復現　複綫

59 fùyè 　　副業─副頁　附頁　復業　父業

60 fùyì 　　復議　腹議　附議

　　　　　負義　賦役　副翼

61 fùyǒu 　　富有─賦有　負有［負有責任］

62 fùyǔ 　　付與　賦予　腹語

例　付與：合約上寫明「要準時將貨款付與對方」。

　　賦予：這是歷史賦予我們的重任。

63 fùyù 　　富裕　馥郁

64 fùyuán 　　復原─復員

例　復原：這件文物已經遭到破壞，無法復原，太可惜！

　　復員：大伯是一位復員軍人。

65 fùzé 　　附則　負責

66 fùzhí 　　復職　負值　副職　父執

67 fùzǐ 　　父子─付梓

G

掃碼聽錄音

1   gàishù   概述   概數

2   gāncǎo   甘草   乾草

3   gānfàn   干犯 — 乾飯

4   gānshī   乾濕   乾屍

5   gānzi   杆子 — 竿子

6   gāngcái   剛才   鋼材

7   gāofēng   高峰 — 高風 [高風亮節]

8   gāoxiào   高校 — 高效

9 gāoyóu　　高郵（Gāoyóu）　膏油

10 gāozi　　　羔子　膏子　篙子

11 gàojié　　　告捷　告竭

例　告捷：初戰告捷，大家都非常興奮。
　　告竭：這個地區的礦藏由於長期開採，今已告竭。

12 gējù　　　　割據　歌劇

13 gélí　　　　隔離　蛤蜊（gé‧lí）

14 gèbié　　　個別　各別

例　個別：王老師特別好，經常個別輔導我。
　　各別：情況不同，應該各別對待，不能混為一談。

15 gōngbù　　公佈　工部［工部尚書］

16 gōngchǎng　工廠　工場

17 gōngdú　　工讀　攻讀

例　工讀：那個小夥子是個工讀生。
　　攻讀：讀完碩士，他還想攻讀博士學位。

18 gōngjī　　攻擊　公雞

G

19	gōngjià	公假	公價	工價	功架

20	gōngjiān	攻堅	攻殲

21	gōngjiāo	公交	工交

工交：工業與交通運輸業的合稱。

gōngjiāo（公交、工交）與 G-20 gōngjiān（攻堅、攻殲）：

「交」字的韻母是 iao。ao 前面加一段由 i 開始的發音動程。舌位先降後升，舌頭由前到後。口形由扁到圓。

「堅」字的韻母 ian 是前鼻音。先發扁嘴的 i，之後發 an，但發這個 a（ê）時舌位稍微高一點。

22	gōngkè	功課	公克	攻克

G

23	gōngkuǎn	公款	供款

24	gōnglǐ	公里	公理

25	gōnglì	功力	工力	公曆	公立	功利

26	gōngshāng	工商	工傷

27	gōngshì	公示	公事	工事	宮室	公室
		公式	攻勢			

28	gōngsī	公司 — 公私

29	gōngwéi	恭維 — 宮闈

30	gōngwù	公務 — 工務 — 公物 — 工物

31	gōngxiào	功效 — 工效 — 公校

32	gōngxíng	弓形 — 宮刑 — 躬行

33	gōngyè	工業 — 功業 — 宮掖

34	gōngyì	公益 — 公義 — 工藝
		公議 — 工役 — 公意

🔊 gōngyì（公益、公義、工藝、公議、工役、公意）與 G-33 gōngyè（工業、功業、宮掖）：

「益」和「業」都是零聲母音節。

「益」字的韻母 i 是單韻母。發 i 口形是扁的，嘴角盡量向左右展開，舌位最高。

「業」字的韻母是 ie，發音由 i 開始，舌位漸漸下降，到 e（ê）止。i 緊而短，e（ê）響而長。

35	gōngyíng	公營 — 恭迎

🔊 gōngyíng（公營、恭迎）與 G-32 gōngxíng（弓形、宮刑、

躬行）：

「營」字與「形」字的韻母都是後鼻音 ing。所不同的是「形」字有聲母 x，「營」字是零聲母音節。

ing 由 i 舌位開始發音，然後舌頭後移，舌根微升，口腔通路封閉，發後鼻音 -ng。

「形」字聲母是 x。x 是舌面音。發音時舌尖下垂，舌面向前向上，接近硬腭前部，留一條窄縫，氣流從窄縫通過。

36　gōngyìng　供應　公映

37　gōngyòng　公用　功用

38　gōngyǒu　公有　工友

39　gōngyú　公餘　工餘　工於

40　gōngyuán　公園　公元

41　gōngzhèng　公正　公證

42　gòngpǐn　供品　貢品

例　供品：拜神的供品準備好了嗎？
貢品：進貢給皇帝的貢品準備好了嗎？

43　gòngshēng　共生　貢生

44 　gòngshí 　　共識 　共時

45 　gòngshì 　　共事 　供事

46 　gōuqiàn 　　勾芡 　溝塹

47 　gōutōng 　　溝通 　勾通

例　溝通：你跟市場部溝通一下，共同完成這項工作。

　　勾通：他被污衊勾通敵軍、背叛朝廷，真冤枉。

48 　gòubìng 　　詬病 　購併

49 　gòujiàn 　　構建 　構件

50 　gòuzhì 　　購置 　構置

例　購置：這家工廠購置了一批新設備。

　　構置：他在認真構置故事情節。

51 　gūjì 　　估計 　孤寂

52 　gǔdiǎn 　　古典 　鼓點

53 　gǔhuò 　　蠱惑 　鼓惑

例　蠱惑：你不要造謠，蠱惑人心。

　　鼓惑：你不要煽風點火，鼓惑人們鬧事。

G

54 gǔjīn 　古今 — 股金

55 gǔlì 　鼓勵 　股利 　骨力

56 gǔlóu 　古樓 — 鼓樓

57 gǔshī 　古詩 — 鼓師

58 gǔshū 　古書 — 鼓書

59 gǔwù 　穀物 　古物

60 gǔxī 　古稀 　古昔

例 **古稀**：爺爺年逾古稀，但身體健康，精神矍鑠。

　　古昔：這個園子雕樑畫棟、飛簷斗拱，頗有古昔風韻。

61 gǔyǔ 　古語 　穀雨

62 gǔzi 　穀子 　骨子

63 gùjí 　顧及 　痼疾

64 gùshì 　故事（gùshi） 　故世

65 guàixiàng 　怪相　　怪象

例 **怪相**：他長著一副怪相。

　　怪象：最近社會怪象頻出，令人擔憂。

66 guān'ài 　關愛　　關隘

67 guānlǐ 　　關裏（Guānlǐ）　　觀禮

義 **關裏**：指山海關以西或嘉峪關以東一帶地區。

68 guānzhào 　關照　　觀照

69 guǎnzi 　　管子　　館子

70 guàncháng 　慣常　　灌腸

71 guànzhù 　　灌注　　貫注

72 guānghuá 　光滑　　光華

73 guāngxiān 　光纖　　光鮮

74 guīgōng 　　歸公　　歸功　　龜公

75 guǒxié 　　裹脅　　裹挾

例 **裹脅**：他屢受裹脅，但始終沒有屈從。

G

裹挾：人們被時代的大潮裹挾向前。

76　guòdù　　過渡—過度

例　過渡：這段時間是過渡期，咬咬牙就熬過去了。
　　過度：拿了冠軍，他興奮過度，大喊大叫。

77　guòjì　　過季　過繼

78　guòlǜ　　過濾—過慮

G

掃碼聽錄音

H

1	hǎibào	海報	海豹
2	hǎiguī	海歸 — 海龜	
3	hǎishì	海事	海市 [海市蜃樓]
		海誓 [海誓山盟]	
4	hǎitáng	海棠 — 海塘	
5	hǎitú	海圖 — 海塗	
6	hǎiyàn	海燕	海晏 [海晏河清]
7	hǎiyù	海域	海芋
8	hàirén	駭人	害人

9 　hánshòu 　函授 — 函售

10 　hányì 　含義　含意　寒意　韓裔

含義：他寫文章，詞句含義深奧，一般人理解不了。
　　含意：我猜不透老闆這句話的含意。

11 　hánzhàn 　韓戰 — 寒戰（寒顫）

12 　hànchuán 　漢傳　旱船

13 　hànjì 　汗跡　旱季

14 　hànzì 　汗漬　漢字　漢子（hànzi）

hànzì（汗漬、漢字、漢子）與 H-13 hànjì（汗跡、旱季）：
「漬」字的漢語拼音 zi 是「整體認讀音節」，發音時把聲母
「z」稍微拉長一點即可，「i」不用理會。
「跡」字的聲母是 j，韻母是 i。聲母 j 是舌面音。舌面向前向
上，緊貼硬腭前部，舌尖下垂，發音時舌面放鬆一點，氣流
從窄縫通過。i 是單韻母，發 i 口形是扁的，嘴角盡量向左右
展開，舌位最高。

15 　háoyǔ 　豪雨 — 豪語

16 　hàojié 　浩劫　耗竭

17 hébì 　　何必　合璧

18 héjì 　　合計　合劑　核計

⑩ 合計（héjì）：兩隊合計六十人。

　　合計（héji）：大家合計合計這件事該怎麼辦。

19 hékǒu 　　合口　河口

20 hélì 　　合力　核力

21 héliú 　　河流　合流

22 hénéng 　　核能　何能 ［何德何能］

23 héshí 　　何時　核實　合時　合十

24 héshì 　　合適　和式　何氏（Héshì）

　　　　　　　　和氏 ［和氏璧］

25 hésuàn 　　核算　合算

⑩ 核算：他現在負責成本核算。

　　合算：花那麼多錢買輛舊車，真不合算。

26 hétáng 　　荷塘　河塘　核糖

27	héxīn	合心	核心	河心	
28	héyǎn	合演	合眼		
29	héyè	荷葉	合頁		
30	héyì	合議	合意	和易	和議
31	héyuē	合約	和約		
32	héyuè	和悅	核閱	何月 [何年何月]	
33	hézǐ	核子	盒子（hézi）		
34	héngpī	橫批	橫披		
35	héngshēng	恒生（Héngshēng）	橫生		
36	héngxīn	恒心	橫心		
37	hōngrán	轟然	哄然		

例 **轟然**：那棟樓在地震中轟然倒塌。

哄然：他話音未落，大家哄然大笑。

38　hóngdà　　宏大　　洪大

例　宏大：故宮建築群規模宏大。
　　洪大：浪濤拍打礁石的聲音非常洪大，震耳欲聾。

39　hóngfēng　　洪峰　　紅楓

40　hónglì　　　紅利　　宏麗　　弘曆（Hónglì）

41　hóngliàng　　洪亮　　洪量

例　洪亮：他聲音洪亮，中氣十足。
　　洪量：夏汛時間長，洪量大，是防洪的關鍵時期。

42　hóngmén　　鴻門　　黌門

義　鴻門：1. 高門，顯貴之家。2. 古地名，位於今陝西省臨潼縣
　　東。楚漢之際，項羽、劉邦曾會宴於此。
　　黌門：古代對學校的稱謂。

43　hóngyàn　　紅艷　　鴻雁

44　hóngyùn　　鴻運　　紅暈

45　hóutóu　　喉頭　　猴頭

46　hóuzi　　　猴子　　瘊子

H

65

47	hòujì	後記	後繼		
48	hòujìn	後勁	後進	後晉	
49	hòushì	後世	後市	後事	後視〔後視鏡〕
50	hòuyì	後裔	厚誼	厚意	后羿（Hòuyì）
51	hùshì	護士（hùshi）	怙恃		

⟮義⟯ 怙恃：依仗；憑藉。

52	huāhuì	花卉	花會
53	huājiāo	花膠	花椒
54	huājìng	花徑	花鏡
55	huāqiāng	花腔	花槍
56	huāshì	花式	花飾	花市

⟮音⟯ huāshì（花式、花飾、花市）與 F-4 fāshì（發誓、發市）：

「花」字的聲母是 h，韻母是 ua。發 h 時舌根接近軟腭，中間留一道很窄的縫，讓氣流從窄縫裏擠出來。

發 ua 由 u 開始到 a，口由小圓逐漸張開到大圓 a。

「發」字的聲母是 f，韻母是單韻母 a。發 f 時上門齒輕輕接

觸下嘴唇，氣流從唇齒縫之間擠出來。

發單韻母 a 時口大開，舌面中間稍微隆起，舌位最低。

57　huàcè　　畫冊　劃策

58　huàfú　　畫幅　畫符

59　huàgōng　畫功　畫工　化工

60　huàjiā　　畫家　畫夾

61　huàjìng　畫境　化境

例　畫境：這裏風景優美，如入畫境。
　　化境：徐大俠的內功心法已達化境。

62　huàzhuāng　化妝　化裝

例　化妝：我姐姐每天都化妝。
　　化裝：他化裝成乞丐模樣躲過了搜捕。

63　huānxīn　歡心　歡欣

64　huānyuè　歡悅　歡躍

例　歡悅：房間傳來歡悅的笑聲。
　　歡躍：小鳥們在樹枝上歡躍鳴叫。

65	huánbào	還報	環抱

66	huánxíng	環形	環行

67	huǎnxíng	緩刑	緩行

68	huànrán	煥然	渙然

例 **煥然**：店面經過裝修，煥然一新。

渙然：經過整整一天的懇談，他們多年的誤會終於渙然冰釋。

69	huāngwú	荒蕪	荒無 [荒無人煙]

例 **荒蕪**：這個花園沒人打理，已經荒蕪了。

荒無：沙漠裏荒無人煙。

70	huángdì	皇帝	黃帝（Huángdì）

71	huīchén	灰塵	灰沉 [灰沉沉]

72	huíhé	回合	回紇（Huíhé）

73	huíhuán	回還	迴環

74	huílù	回路	回祿（Huílù）

義 **回祿**：傳說中的火神名，多借指火災。

75	huíshēng	回升 — 回聲 — 回生
76	huíshǒu	回首 — 回手
77	huítiáo	回條 — 回調
78	huíxiǎng	回想 — 迴響
79	huìfèi	會費 — 匯費
80	huìhé	匯合 — 會合

例 匯合：這兩條河在哪裏匯合？

會合：他們約好明早八點在校門口會合。

| 81 | huìhuà | 會話 — 繪畫 |
| 82 | huìjí | 匯集 — 會集 — 惠及 — 會籍 |

例 匯集：幾條小河匯集成一條大河。

會集：兩批人會集在一起之後繼續往前走。

83	huìmíng	晦明 — 晦暝
84	huìwù	會晤 — 會務 — 穢物
85	huìyǎn	匯演 — 慧眼

H

86	huìyì	會議　會意
87	huìyuán	會員　會元
88	hūnhuà	昏話　葷話
89	hūnjià	婚嫁　婚假
90	huóhuà	活化　活話
91	huóqì	活氣　活契
92	huǒqì	火氣　火器
93	huǒzhù	火柱　火箸
94	huòluàn	霍亂　禍亂　惑亂
95	huòrán	豁然　霍然　或然

例　**豁然**：又走了一陣，眼前豁然開朗，蔚藍的大海就在眼前。
　　霍然：手電筒霍然一亮，我們看清了屋子裏的情況。

掃碼聽錄音

J

1	jībiàn	機變 畸變 激變 激辯

2	jīchá	稽查 緝查

3	jīdòng	激動 機動

4	jīfèn	激憤 激奮 雞糞

（例） 激憤：他的惡劣行為引起群情激憤。
激奮：莫德里奇在足球場上的努力激奮人心。

5	jīgòu	機構 積垢

6	jīguān	機關 雞冠

7	jījiàn	擊劍 機件 肌腱 基建

8	jījǐng	機警	機井	
9	jījù	積聚	箕踞	激劇
10	jīliú	激流	羈留	
11	jīmín	饑民	基民	
12	jīshù	基數	奇數	積數
13	jītǐ	機體	基體	
14	jīxīn	機心	機芯	雞心
15	jīyā	羈押	積壓	雞鴨
16	jīzhàn	激戰	基站	
17	jīzhì	機制	機智	基質
18	jíbìng	疾病	急病	
19	jídù	極度	嫉妒	

20 jíjí   岌岌 [岌岌可危]   汲汲 [汲汲營營]

　　　　　亟亟 [亟亟奔走]

21 jíjìn 急進   疾進

22 jíjù   極具   急劇   急遽   集聚

　　　　　極距   級距   吉劇   集句

⑩ **急劇**：昨天氣溫急劇下降，不少人凍病了。

　　急遽：近年來，通訊技術發展急遽。

23 jílù   集錄   輯錄

⑩ **集錄**：老師說，「集錄」強調「集」，把資料收集、抄錄在一
　　　　　起或編印成書。

　　輯錄：老師說，「輯錄」強調「輯」，把資料、著作收集起
　　　　　來，編輯、整理成書。

24 jíquán 極權   集權

25 jírì   即日   吉日

26 jíshí 及時   即時   即食   吉時

27 jíshǐ 即使   疾駛

28	jíshì	集市　急事　即是［俯拾即是］
29	jíshǒu	棘手　疾首［痛心疾首］
30	jísù	急速　極速

例　急速：忽然，遠處傳來急速的馬蹄聲。
　　極速：這輛跑車能夠很快達到極速。

31	jíxìng	急性　即興
32	jízhì	及至　極致　急智
33	jìchóu	記仇　寄愁　計酬
34	jì'ér	既而　繼而
35	jìgōng	技工　記功　記工　濟公
36	jìhèn	記恨　忌恨
37	jìhuì	忌諱　際會
38	jìliàng	劑量　計量
39	jìlù	記錄　紀錄

40	jìmíng	記名—寄名

41	jìrán	既然　寂然

42	jìshī	技師　祭師

43	jìshí	計時　紀實　寄食

44	jìshì	記事　既是　濟世
		濟事　紀事　繼室

45	jìshù	技術　記述　計數　記數

46	jìsì	祭祀　繼嗣

（音）jìsì（祭祀、繼嗣）與 J-44 jìshì（記事、既是、濟世、濟事、紀事、繼室）：

「祀」的漢語拼音 si 與「事」的漢語拼音 shi 都是「整體認讀音節」。

發音時把聲母「s」和「sh」稍微拉長一點即可,「i」不用理會。

47	jìxù	繼續　記敘

（音）jìxù（繼續、記敘）與 J-45 jìshù（技術、記述、計數、記數）：

「續」字的聲母是舌面音 x。發音時舌尖下垂,舌面向前向上,接近硬腭前部,留一條窄縫,氣流從窄縫通過。「續」字的韻母 ü 是單韻母。ü 的舌位和 i 相同（舌位最高）,只是

唇形不同，ü圓i扁。發ü時雙唇聚攏，雙唇中間留一個扁平的小孔。

「術」字的聲母是翹舌音 sh，舌尖翹起，與上牙床後面接近，中間留一道窄縫，氣流從中間通過。發音的同時上下齒稍微打開。「術」字的韻母是單韻母 u。發音時上下唇收攏呈小圓形，雙唇向前突出（如撅嘴）。

48	jìyǎng	技癢　寄養
49	jìyì	記憶　技藝　計議
50	jìyú	鯽魚　覦覬
51	jìyǔ	寄語　寄予（寄與）　忌語

⑨　**寄語**：他寫了一篇文章，題目是《寄語青年朋友》。
　　寄予：人們對他的遭遇寄予無限的同情。

52	jìyù	寄寓　際遇
53	jiāfǎ	加法　家法
54	jiājì	佳績　家計
55	jiājìng	家境　佳境　嘉靖（Jiājìng）
56	jiājù	加劇　佳句　家具

57　jiārén　　家人　佳人

58　jiāshì　　家事　家世　家室

59　jiāyán　　家嚴　佳言　嘉言 [嘉言懿行]

60　jiāyàn　　家宴—家燕

61　jiàlíng　　駕齡—駕凌

62　jiānjù　　艱巨　堅拒　間距　兼具

63　jiānlì　　尖厲　尖利

⑩　尖厲：寂靜的夜晚，突然傳來尖厲的叫聲。
　　尖利：狼的牙齒非常尖利。

64　jiānshì　　監事—監視　監誓　監室

65　jiānshǒu　　堅守　監守

66　jiāntīng　　監聽　兼聽 [兼聽則明]

67　jiānxiǎn　　艱險—奸險

68　jiǎnbào　　簡報　剪報

J

69   jiǎnbiān   簡編   減編

70   jiǎnjié   簡潔   簡捷

⑩ 簡潔：他的文章文筆簡潔，我很喜歡讀。
   簡捷：這種算法很簡捷，節省不少時間。

71   jiǎnlòu   簡陋   撿漏（兒）

72   jiǎnpǔ   簡樸   儉樸   簡譜

73   jiǎnsuō   簡縮   減縮

⑩ 簡縮：各種報表的數量應該盡量簡縮。
   減縮：我們這個月超支了，要減縮開支。

74   jiǎnyì   簡易   檢疫

75   jiànbié   鑒別   餞別

76   jiànbù   健步   箭步

77   jiànliàng   見諒   鑒諒

⑩ 見諒：如果給您帶來不便，還請見諒。
   鑒諒：舅母發來信息說「照顧不周，務請鑒諒」。

78   jiànshù   建樹   劍術

79	jiànxiào	見效	見笑	
80	jiànxíng	餞行	踐行	

⑩ 餞行：今晚李先生請客，為他大哥餞行。

踐行：他沒有踐行他的諾言，大家很不開心。

81	jiànyì	建議	見義 [見義勇為]
		見異 [見異思遷]	

82	jiànyú	鑒於	見於	

83	jiànzhèng	鑒證	見證	諫諍

84	jiànzhì	建制	建置	

⑩ 建制：他是建制之內的人。

建置：這所學校規模大，設備好，建置完備。

85	jiànzi	毽子	腱子	踺子

86	jiǎngshòu	講授	獎售	

87	jiǎngxí	講習	講席	

88	jiǎngzhāng	講章	獎章	

89　jiǎngzuò　　講座　獎座

90　jiāodài　　交代─交待　膠帶　膠袋

⑩　交代：老闆一再交代我們要注意產品質量。
　　交待：要是這件事做不好，這份工作也就交待了。

91　jiāodiǎn　　焦點　交點

92　jiāoguàn　　嬌慣　澆灌

93　jiāohuì　　交會─交匯

⑩　交會：這裏是三條鐵路的交會點。
　　交匯：兩條小溪在村旁交匯。

94　jiāojí　　交集　焦急

95　jiāo·qì　　嬌氣　驕氣

⑩　嬌氣：這點委屈都受不了，你太嬌氣了。
　　驕氣：她很高傲，驕氣十足。

96　jiāotóu　　交投─交頭 [交頭接耳]

97　jiāoyì　　交易　交誼

98 jiāoyóu 　郊遊 — 交遊

（例）　郊遊：這幾天天氣很好，適合郊遊。

　　　交遊：他交遊廣闊，好像誰都認識。

（音）　jiāoyóu（郊遊、交遊）與 G-9 gāoyóu（高郵、膏油）：

「郊」字的聲母是舌面音 j，韻母是 iao。

發 j 時舌面向前向上，緊貼硬腭前部，舌尖下垂，發音時舌面放鬆一點，氣流從窄縫通過。發 iao 時，ao 前面加一段由 i 開始的發音動程。舌位先降後升，舌頭由前到後，口形由扁到圓。

「高」字的聲母是 g，韻母是 ao。

發 g 時舌根頂住軟腭，然後突然放開發音。發音時口微張。ao 由發 a 開始，然後舌頭一直後縮，舌位逐漸上升，唇形逐漸收攏，是由大圓嘴 a 向中圓嘴 o 的過渡。

99 jiāozhù 　澆注 — 澆鑄　澆築

（例）　澆注：師傅說，「澆注」就是把熔化了的金屬等注入模型。

　　　澆鑄：工人把熔化了的金屬注入模型，澆鑄成物件。

　　　澆築：建水壩的工序之一是澆築大壩。

100 jiāozòng 　驕縱　嬌縱

（例）　驕縱：沒人喜歡性格驕縱的女孩子。

　　　嬌縱：嬌縱孩子，不是愛他而是害他。

101 jiǎoliàn 　鉸鏈　腳鏈

81

102 jiǎoxíng　　絞刑　矯形

103 jiǎozhì　　　角質　矯治

104 jiàohuì　　　教會　教誨

105 jiàoshì　　　教士　教室

106 jiàoyì　　　　教義　教益

107 jiàozhèng　　校正 — 教正

⑩ 校正：編輯的工作包括校正稿件的錯字。

　　教正：作者贈給我一本書，他在扉頁寫了「大明先生教正」。

108 jiēshì　　　　揭示　皆是　街市

109 jiéhé　　　　結合　結核

110 jiéjiǎn　　　節儉　節減

111 jiéjìng　　　潔淨　捷徑

112 jiéliú　　　　節流　截留 — 截流

113 jiénàn 劫難 詰難

(義) 詰難：責難，詰問盤駁。

114 jiéshí 結石 節食 結識

115 jiéyú 節餘 婕妤 結餘

(義) 婕妤：古代女官名，是帝王妃嬪的稱號。

(例) 節餘：她很會過日子，每個月都能節餘幾百塊錢。
結餘：日子過得不錯，又月月有結餘，媽媽很開心。

116 jiéyù 節育 節慾 劫獄

117 jiézhì 截至 節制

118 jiědú 解讀 解毒

119 jièdài 借貸 借代

120 jièjù 戒具 戒懼 借據

121 jièxiàn 界限 界綫

(例) 界限：軍國主義的野心是沒有界限的。
界綫：這事你做得不對，你跨越了那條界綫。

122 jīnbì 金幣 金碧 [金碧輝煌]

J

123 jìnjiàn　　進諫　覲見　晉見

例　覲見：下午他入宮覲見皇帝。
　　晉見：他直接上樓去晉見長官。

124 jìnjūn　　進軍　禁軍

125 jìnlái　　進來（jìn·lái）　近來

126 jìnshì　　近視　近世　進士

127 jìntóu　　盡頭　勁頭

128 jìnyù　　禁慾　浸浴

音　jìnyù（禁慾、浸浴）與 J-144 jìngyù（境遇、境域）：
　　「禁」和「境」字的聲母都是 j。
　　「禁」字的韻母是前鼻音 in。in 由 i 舌位開始發音，舌尖下垂
　　抵住下門齒背，發完 i，就把舌尖上移頂住上牙床，發前鼻
　　音 -n。
　　「境」字的韻母是後鼻音 ing。ing 由 i 舌位開始發音，然後舌
　　頭後移，舌根微升，口腔通路封閉，發後鼻音 -ng。
　　in 舌往前，ing 舌往後。

129 jīngjí　　荊棘　經籍

130 jīngjì　　經濟　經紀　驚悸

131 jīngjiǎn　　精簡　精減

例　**精簡**：公司生意不好，決定精簡機構，節約開支。
　　精減：公司為避免人浮於事，決定精減人員。

132 jīngjù　　驚懼　京劇

133 jīngjué　　驚覺　驚厥　精絕

134 jīngqí　　驚奇　旌旗

135 jīngshòu　　經受　經售

136 jīngxīn　　精心　驚心　經心

137 jīngyíng　　晶瑩　經營

138 jīngzhì　　精緻　精製

音　jīngzhì（精緻、精製）與 J-130 jīngjì（經濟、經紀、驚悸）：
「緻」字的漢語拼音 zhi 是「整體認讀音節」，發音時把聲母
「zh」稍微拉長一點即可，「i」不用理會。
「濟」字的聲母 j 是舌面音。舌面向前向上，緊貼硬腭前部，
舌尖下垂，發音時舌面放鬆一點，氣流從窄縫通過。「濟」
字的韻母 i 是單韻母。發 i 口形是扁的，嘴角盡量向左右展
開，舌位最高。

J

139 jǐngshì　　警示　警世

140 jìnghòu　　靜候　敬候

例　靜候：姐姐能考上大學嗎？今天放榜，我們在家靜候佳音。
　　敬候：他發的邀請郵件裏最後一句是「敬候佳音」。

141 jìngjià　　競價　淨價

142 jìngsài　　競賽　徑賽

143 jìngxiàn　　敬獻　敬羨

144 jìngyù　　境遇　境域

145 jìngzhòng　　敬重　淨重

146 jiūjié　　糾結　究詰

147 jiǔcài　　韭菜　酒菜

148 jiùlì　　舊曆　舊例

149 jiùshì　　舊式　救世　就勢
　　　　　　就是　就事 [就事論事]

150 jiùzhì　　救治　舊制

151 jūliú　　居留　拘留

152 jūshì　　居士　居室

153 jǔshì　　舉世　舉事

154 jùbiàn　　巨變　劇變　聚變

⑩ 巨變：改朝換代使每個人的生存環境都發生了巨變。

　劇變：形勢劇變，我們的策略也要隨之改變。

　聚變：氫彈爆炸就是使氘等聚合為氦核的聚變反應。

155 jùdiǎn　　據點　句點　聚點

156 jùhuì　　聚會　聚匯　拒賄

157 jùjí　　劇集　聚集

158 jùmù　　劇目　巨幕

159 jùshǒu　　聚首　據守　句首

160 jùxīng　　聚星　巨星

161	jùzuò	巨作	劇作	
162	juéjì	決計	絕技	絕跡
163	juékǒu	決口	絕口 [讚不絕口]	
164	juélù	絕路	爵祿	
165	juésè	角色	絕色	
166	juéshì	爵士	絕世	
167	juéyì	決議	決意	絕藝
168	jūngōng	軍工	軍功	
169	jūnqí	軍旗	軍棋	
170	jūnquán	君權	軍權	
171	jūnshì	軍事	軍士	均勢
172	jùnqiào	俊俏	峻峭	

J

掃碼聽錄音

K

1　kāifù　　開赴—開付

2　kāihuǒ　　開火—開伙

3　kāijià　　開價—開架

4　kāijiǎng　開講　開獎

5　kāiliè　　開裂—開列

6　kāishì　　開市　開釋　揩拭

7　kāiyán　　開言　開顏

8　kāiyǎn　　開演　開眼

9	kāiyuán	開元 — 開源 [開源節流] — 開園
10	kāizhàn	開戰　開綻
11	kānchá	勘查　勘察

例 勘查：警察仔細勘查現場，搜集證據。
勘察：開戰之前大帥一定會去勘察地形。

12	kànzhòng	看中　看重
13	kànzuò	看作　看座
14	kànglì	伉儷　抗力
15	kàngyì	抗疫　抗議
16	kǎochá	考察　考查

例 考察：新省長到省內各地考察，以期獲得第一手資料。
考查：考試的作用是考查學生的學業成績。

17	kǎojì	考績　考紀
18	kǎoshì	考試　考釋
19	kěbǐ	可比　可鄙

20	kěshì	可視 — 可是			
21	kěwàng	可望	渴望		
22	kèfú	克服	客服		
23	kèhuà	克化	刻畫		
24	kèshí	克食 — 刻蝕	刻石	課時	
25	kèxīng	克星（剋星）	客星		
26	kōngchéng	空城 — 空乘			
27	kōngjì	空際	空寂		
28	kōngtóu	空頭 — 空投			
29	kǒubēi	口碑	口杯		
30	kǒufú	口服	口福		
31	kǒuqì	口氣 — 口器			

K

32　kǒushì　　　口試　　口是 [口是心非]

（音）kǒushì（口試、口是 [口是心非]）與 K-18 kǎoshì（考試、
考釋）：

「口」字的韻母是 ou。先發 o 後發 u，但發 o 時唇形比發單
韻母 o 時微微收攏一點，舌位稍微後移、上升。

「考」字的韻母是 ao。ao 由發 a 開始，然後舌頭一直後縮，
舌位逐漸上升，唇形逐漸收攏。是由大圓嘴 a 向中圓嘴 o 的
過渡。

33　kǔgōng　　　苦工　　苦功

34　kǔxíng　　　苦行　　苦刑

35　kuāndài　　　寬帶　　寬貸　　寬待

36　kuànggōng　曠工　　礦工

37　kuàngjǐng　礦井　　礦警

K

L

1	lāliàn	拉鏈	拉練	
2	láishì	來勢	來世	來事
3	lánjié	攔截	攔劫	
4	lánshān	闌珊	嵐山（Lánshān）	藍山（Lánshān）
5	láoyì	勞役	勞逸	
6	lǎodào	老道	老到	
7	lǎohuà	老化	老話	
8	lǎoshì	老式	老是（lǎo·shì）	

L

9	lǎozhàng	老丈	老賬	
10	làojià	落架	落價	
11	lěngfēng	冷風 — 冷鋒		
12	lěngkù	冷酷	冷庫	
13	lěngmiàn	冷麵	冷面	
14	lǐmào	禮貌	禮帽	
15	lǐqì	禮器	理氣	
16	lǐyù	禮遇	理喻	李煜（Lǐ Yù）
17	lǐzhì	理智	禮制	李治（Lǐ Zhì）
18	lǐzi	李子	裏子	
19	lìbì	利弊	力避	
20	lìfǎ	立法	曆法	
21	lìhài	利害	厲害（lìhai）	

22	lìhuì	例會	蒞會		
23	lìjí	立即	痢疾（lìji）		
24	lìjiàn	力薦	利劍	利箭	
25	lìkè	力克	立刻		
26	lìqì	利器	戾氣	力氣（lìqi）	
27	lìrèn	歷任	利刃		
28	lìshí	歷時	立時	礫石	

例 歷時：這部話劇從開始排練到首演，歷時半年之久。

立時：經表哥一提醒，他立時省悟過來。

29	lìshì	力士	立誓	立式	利市	歷世
30	lìshū	隸書	曆書			
31	lìxíng	例行	力行	厲行		

例 力行：領導一定要身體力行，不能只要求別人。

厲行：我們一定要愛護大自然，厲行節約，絕不能浪費。

| 32 | lìyì | 利益 | 立意 | | | |

33	lìzhèng	力證	立正	例證

34	lìzhì	立志	勵志	吏治	麗質

35	lìzi	栗子	例子	粒子 (lìzǐ)

36	liánjié	連結 (聯結)	廉潔

37	liánpiān	連篇	聯翩

38	liánzhèng	廉政 — 廉正

例 廉政：一個政府，搞好廉政建設很重要。
廉正：他廉正無私，是個好官。

39	liánzǐ	蓮子	簾子 (liánzi)

40	liánzuò	蓮座	連坐

41	liǎnxíng	臉型 — 臉形

例 臉型：姐妹倆一個圓臉，一個方臉，屬於不同臉型。
臉形：她的臉形是鵝蛋臉，很漂亮。

42	liànzhàn	戀戰	戀棧

43	liànghuà	量化	亮話 [打開天窗說亮話]

L

44 liànglì 亮麗 靚麗 量力

45 liáokuò 遼闊 寥廓

（例）遼闊：我們的祖國幅員遼闊。

寥廓：寥廓的天空、茫茫的原野，高遠空曠。

46 línchǎn 臨產 林產

47 línjìn 鄰近 臨近

（例）鄰近：我家鄰近的這棟大樓是大型購物商場。

臨近：臨近春節，辦年貨的人越來越多。

48 línglì 伶俐 凌厲 靈力

49 língshí 零時 零食 靈石

50 língshòu 零售 靈獸

51 liúchuán 流傳 留傳

（例）流傳：大禹治水的故事一直流傳到今天。

留傳：這是祖輩留傳下來的秘方，很珍貴。

52 liúlí 流離 琉璃（liúli）

53 liúlì 流利 流麗

54 liúlián 榴蓮（榴槤）— 流連（留連）

55 liúshì 流逝 流勢

56 liúyán 留言 — 流言

🔊 liúyán（留言、流言）與 L-54 liúlián [榴蓮（榴槤）、流連（留連）]：

「言」和「蓮」的韻母都是前鼻音 ian。不同的是「蓮」有聲母 l。

聲母 l 是邊音。舌尖抵住上牙床，然後放開，氣流從舌頭前部的兩邊送出。

ian 先發扁嘴的 i，之後發 an，但發這個 a（ê）時舌位稍微高一點。

57 lóngzi 聾子 — 籠子

58 lǚbàn 旅伴 — 侶伴

59 lǚlǚ 縷縷 屢屢

✏️ 縷縷：清晨，小村莊縷縷炊煙升起。

屢屢：他屢屢碰壁仍然堅持，何苦呢！

60 lǚshè 旅社 旅舍

61 lǚxíng 旅行 履行

62 lǜshī　　律師　律詩

63 lǜyè　　綠葉　濾液

64 lǜyīn　　綠蔭　綠茵

⑲ **綠蔭**：公園有很多大樹，綠蔭蔽日，很涼爽。

　　綠茵：他是著名足球員，是綠茵場上的精靈。

65 luósī　　螺絲　螺螄

66 luòbiāo　　落膘　落標

67 luòdì　　落地　落第

68 luòmò　　落寞　落墨

1 májiàng   麻將 — 麻醬

2 mǎdào   馬道   馬到 [馬到成功]

3 mǎtóu   馬頭   碼頭 (mǎtou)

4 mǎnyuán   滿員 — 滿園

5 mǎnzú   滿足   滿族 (Mǎnzú)

6 mànhuà   漫畫   漫話

7 mànyán   曼延 — 蔓延 — 漫延

例 曼延：山峰連綿，一直曼延到遠方。

蔓延：老師說，「蔓延」就是像蔓草一樣向周圍擴展。

漫延：洪水不斷漫延，怎麼辦？

M

8　méirén　　沒人　媒人（méiren）

9　měirén　　每人　美人

10　měiyù　　美育　美玉　美譽

11　ménjìng　　門徑　門鏡

12　mílù　　迷路　麋鹿

13　mímàn　　彌漫　迷漫

例　彌漫：清晨，煙氣彌漫天地。
　　迷漫：今天霧氣迷漫，到處白茫茫一片，看不清楚。

14　míwù　　迷霧　迷誤

15　mǐlì　　米粒（兒）　靡麗

16　mìfēng　　密封　蜜蜂

17　mìjí　　密集　秘籍　密級

18　mìzhào　　密召　密詔

例　密召：他一接獲皇帝密召，馬上秘密回京。
　　密詔：原來皇帝臨終前給了他一道密詔。

M

19 miǎnlì 勉勵 勉力

20 miǎnyì 免疫 免役

21 miànjīn 面巾 麵筋（miànjin）

22 miànshì 面試 面市 面世 眄視

義 眄視：斜著眼睛看。

例 面試：今天面試很順利，他很有信心被錄取。

面市：這種新手機一面市就被搶購一空。

面世：這位詩人的新作即將面世。

眄視：她不說話，只輕擰眉毛，眄視著他。

23 miànxiàng 面向 面相

24 míngcì 名次 名刺

25 míngdí 鳴笛 鳴鏑

26 míngjì 銘記 名妓

27 míngjiào 名教 明教 鳴叫

28 míngjìng 明鏡 明淨

M

29 mínglíng   名伶   螟蛉

義 螟蛉：一種綠色小蟲。

30 míngmù   名目   明目   瞑目

31 míngshì   明示   名士   明誓

32 míngtáng   明堂   名堂（míngtang）

33 míngwén   銘文   明文

34 míngzhèng   明證   明政   名正 [名正言順]

                 明正 [明正典刑]

35 míngzhì   明智   明志   明治（Míngzhì）

36 móběn   摹本   模本

例 摹本：老師告訴我，「摹本」是臨摹或翻刻的書畫本。
    模本：老師告訴我，「模本」是供臨摹用的底本。

37 mólì   魔力   磨礪

38 mózhàng   魔杖   魔障

39 mòlù   末路   陌路

M

40	mòmò	脈脈－默默	漠漠		
41	mòrán	漠然	默然－驀然		
42	mòshì	末世	沒世	歿世	漠視
43	móushì	謀士－謀事			
44	mùbǎn	木板	木版		
45	mùjī	目擊	木屐	木雞 [呆若木雞]	
46	mùshì	目視	墓室		

🔊 mùshì（目視、墓室）與 M-42 mòshì（末世、沒世、歿世、漠視）：

「目」字的韻母 u 是單韻母。發音時上下唇收攏呈小圓形，雙唇向前突出（如撅嘴）。

「漠」字的韻母 o 是單韻母。發 o 時口略開，嘴唇攏圓，舌頭向後縮，舌面後部隆起，舌位次高。

M

掃碼聽錄音

1	nàhǎn	吶喊	納罕
2	nàliáng	納涼	納糧
3	nánfāng	南方	男方
4	nánshēng	男生	男聲
5	nàoshì	鬧事	鬧市
6	nèidì	內地	內弟
7	nèihé	內河	內核
8	nèihuà	內化	內畫

N

9 　nèijìng 　　內徑　　內鏡

10 　nèikù 　　內褲 — 內庫

11 　nèishì 　　內室　　內飾

12 　nèizhì 　　內痔　　內置

13 　nǐdìng 　　擬定　　擬訂

⑩ 擬定：關於公司的未來，我們要擬定一個遠景規劃。
　　擬訂：經理讓你擬訂一個明年的計劃給他看。

14 　niándù 　　年度　　黏度

15 　niángāo 　　年糕 — 年高 [年高德劭]

16 　niánjié 　　年節　　黏結

㊳ niánjié（年節、黏結）與 L-36 liánjié [連結（聯結）、廉潔]：
「年」和「連」字的韻母都是前鼻音 ian。
「年」字的聲母 n 是鼻音。舌尖抵住上牙床，氣流上升鼻腔，
從鼻孔出氣發音。
「連」字的聲母 l 是邊音。舌尖抵住上牙床，然後放開，氣流
從舌頭前部的兩邊送出。

17 　niánlì 　　年曆　　年利

18 niánqīng 年青 年輕

例 年青：年青一代是我們的希望。
年輕：他比你年輕，你要幫助他。

19 niányè 年夜 [年夜飯] 黏液

20 niánzhōng 年中 年終

21 nóngzhuāng 農莊 濃妝

22 nǚgōng 女工 女紅

23 nǚqiáng 女強 [女強人] 女牆

義 女牆：城牆上面呈凹凸形的短牆。

24 nǚshēng 女生 女聲

N

ǒuhé   偶合 藕荷

例 **偶合**：我們倆看法一致完全是偶合，並沒有事先商量。

藕荷：設計師說，「藕荷」色是淺紫而微紅的顏色。

O

1　pàshì　　怕是　怕事

2　páibǐ　　排比　排筆

3　pánjié　　盤結　盤詰

義　盤詰：仔細追問（可疑的人）。

例　盤結：熱帶雨林樹木參天，粗藤盤結。

　　盤詰：上司有令，對形跡可疑的人要嚴加盤詰。

P

4　pánshān　　盤山　蹣跚

5　pāosǎ　　拋灑　拋撒

例　拋灑：為了拿到冠軍，我們拋灑汗水，努力練習。

　　拋撒：婚禮上，花童不斷拋撒花瓣。

6　pèidài　　佩帶　佩戴

例　佩帶：進皇宮不許佩帶武器。
　　佩戴：他胸前佩戴著勳章、獎章。

7　piānpiān　　偏偏　翩翩

8　piānzi　　篇子　片子

9　piāoyì　　飄逸　飄溢

10　pǐnwèi　　品味　品位

例　品味：他細細品味，才明白經理那句話的意思。
　　品位：穿名牌不代表有品位。

11　píngbǎn　　平板　平版

12　píngdìng　　評定　平定

13　píngfēn　　評分　平分

14　píngjìng　　平靜　平靖

例　平靜：他激動的心情久久不能平靜。
　　平靖：等時局平靖了，你再回來。

15　píngjù　　憑據　評劇

16	píngpàn	平叛	評判		
17	píngshēng	平生	平聲		
18	píngshí	平時	平實		
19	píngshì	平視	憑恃		
20	píngxī	平息	平昔		
21	píngyì	平易	平抑	平議	評議
22	pòlì	魄力	破例		

P

Q

掃碼聽錄音

1	qīhuà	七畫	漆畫
2	qīqiè	悽切	妻妾
3	qīshì	妻室	期市
4	qīxī	七夕	棲息
5	qīzhōng	期中 — 期終
6	qíbīng	騎兵	奇兵
7	qíjué	奇絕	奇崛

⑩ **奇絕**：黃山以山勢奇絕出名。
　　奇崛：這位作家以文筆奇崛出名。

8	qíshì	奇事 — 歧視 騎士
9	qíshǒu	棋手 — 旗手 騎手
10	qíwén	奇文 — 奇聞
11	qíyì	奇異 — 歧異 — 歧義 棋藝
12	qíyǔ	祈雨 — 旗語
13	qízǐ	棋子 旗子 (qízi)
14	qǐchéng	啟程 起程

例 啟程：大軍連夜啟程，奔赴前綫。

起程：什麼時候起程啊？我送送你和小美。

| 15 | qǐháng | 啟航 起航 |

例 啟航：慶祝新型飛機啟航儀式已經開始。

起航：天氣惡劣，不能起航。

16	qǐlì	起立 綺麗
17	qǐshì	啟事 — 啟示 豈是
		起誓 起事 起勢

Q

18	qǐshǒu	起首	起手	
19	qǐyì	起義	起意	
20	qǐyòng	啟用	起用	

㊀ 啟用：這條鐵路去年已經建成啟用。

起用：董事長肯起用年輕人，很了不起。

21	qǐzhǐ	豈止	起止	
22	qìhuà	汽化	氣話	
23	qìjù	契據	器具	
24	qìjué	氣絕	棄絕	
25	qìshì	氣勢	棄世	憩室
26	qìxī	氣息	憩息	
27	qìzhì	氣質	棄置	氣滯

㊀ qìzhì（氣質、棄置、氣滯）與 Q-25 qìshì（氣勢、棄世、憩室）：

「質」的漢語拼音 zhi 與「勢」的漢語拼音 shi 都是「整體認讀音節」。

發音時把聲母「zh」和「sh」稍微拉長一點即可,「i」不用理會。

28	qiānzì	簽字	鉛字
29	qiánqī	前期	前妻
30	qiánshì	前事	前世
31	qiánxián	前賢	前嫌
32	qiánxíng	前行	潛行	鉗形
33	qiányán	前言	前沿
34	qiāngjī	槍擊	羥基
35	qiángdù	強度	強渡
36	qiángjiǎo	牆角	牆腳
37	qiángzhì	強制	強識 [博聞強識]
38	qiǎnggōng	搶工	搶攻
39	qiǎngqiú	強求	搶球

Q

40	qièjì	切記	切忌
41	qīngchá	清查	清茶
42	qīngchún	清純	清醇

例 清純：她是位清純少女，很多人喜歡她。
清醇：這種酒味道清醇可口，很多人買。

43	qīngdàn	清淡	氫彈
44	qīngjiàn	輕賤	輕健
45	qīngjié	清潔	輕捷
46	qīngjīn	青筋	青衿
47	qīngjìng	清淨	清靜
48	qīngmíng	清名	清明
49	qīngshēng	輕生	輕聲
50	qīngsuàn	清算	青蒜

Q

51 qīngtán 傾談 清談 輕彈 [男兒有淚不輕彈]

㊂ **傾談**：他們傾談了兩個小時，誠摯地交換了意見。
清談：清談誤國，幹點實事吧。

52 qīngxián 清閒 輕閒

㊂ **清閒**：他還不習慣清閒的退休生活。
輕閒：這工作很輕閒，不累。

53 qīngxīn 傾心 清新 清心 清馨

54 qīngzhàng 清賬 清障

55 qíngjié 情節 情結

56 qíngshì 情勢 情事

57 qíngsī 情絲 情思

58 qíngyì 情誼 情義 情意

59 qǐngkè 頃刻 請客

60 qiūliáng 秋涼 秋糧

61 qùshì 去世 去勢 趣事

Q

62	quánlì	權利	權力	全力
63	quánshì	詮釋	權勢	
64	quánshù	權術 — 拳術	全數	
65	quánxiàn	權限	全綫	全縣
66	quányì	權益	全意 [全心全意]	
67	quányuán	全員 — 泉源		

R

掃碼聽錄音

1	ránméi	燃煤　燃眉 ［燃眉之急］
2	rěshì	惹事　惹是 ［惹是生非］
3	réndào	人道　仁道
4	rénjì	人際　人跡
5	rénshēn	人參　人身
6	rénshēng	人生　人聲

R

🔊 rénshēng（人生、人聲）與 R-5 rénshēn（人參、人身）：
「生」字的韻母 eng 與「參」字的韻母 en 都是鼻音。不同的是韻尾，-ng 是後鼻音，-n 是前鼻音。

「生」的韻母 eng，由發 e 開始，然後口微開，舌頭向後縮，舌根上升，口腔通路封閉，發後鼻音 -ng。

「參」是多音字，這裏「參」字的韻母 en 是前鼻音。發 en 由 e 開始，舌尖隨即稍微向前伸，抵住上牙床，口腔通路封閉，發前鼻音 -n。

7	rénshì	人士 — 人氏 — 人事 — 人世
8	rényì	人意 [盡如人意] 仁義
9	rényuán	人員 — 人緣（兒） — 人猿
10	rénzhèng	人證 — 仁政
11	rénzhì	人質 — 人治
12	rènmìng	任命 — 認命
13	rènxìng	任性 — 韌性
14	rìbān	日班 — 日斑
15	rìjiàn	日見 — 日漸
16	rónghé	融合（融和） — 熔合

R

17　rónghuà　　融化（溶化）—熔化

（例）　融化：氣候變暖，不少冰川融化了。
　　　熔化：鐵加熱到 1530 度以上就會熔化。

18　róngjì　　溶劑—熔劑

（例）　溶劑：鹽能溶解在水裏，水就是溶劑。
　　　熔劑：促進金屬的熔化需要熔劑。

19　róngjiě　　融解—溶解

（例）　融解：春天來了，山上的積雪融解了。
　　　溶解：糖放進水中能夠溶解。

20　róngyán　　容顏　熔岩

21　rúshī　　如詩　濡濕

（義）　濡濕：沾濕；浸濕。

22　rǔzhī　　乳汁　乳脂

23　rùgǔ　　入股　入骨

24　rùjìng　　入境　入鏡

R

25   rùshì   入市   入世   入室 [登堂入室]

🔊 rùshì（入市、入世、入室［登堂入室］）與 R-21 rúshī（如詩、濡濕）：

「入市」兩個字的聲調都是第四聲，是降調。第四聲從高往低向下降。

「如詩」的聲調是二、一聲。第二聲是升調，從低（調值 3）向高往上升。第一聲是高平調，不升不降，是平調。

26   ruǎnhuà   軟化   軟話

27   ruòshì   弱勢   弱視

🔊 ruòshì（弱勢、弱視）與 R-25 rùshì（入市、入世、入室［登堂入室］）：

「弱」字的韻母是 uo。由 u 開始，舌位逐漸降到 o。由 u 到 o 口逐漸張開。

「入」字的韻母 u 是單韻母。發音時上下唇收攏呈小圓形，雙唇向前突出（如撅嘴）。

1 sàijì 　　賽季　賽績

2 sānshēng 　　三生 [三生有幸]　三牲

3 sānwéi 　　三圍　三維

4 sǎnjì 　　散記　散劑

5 sànbù 　　散佈　散步

6 sàngshī 　　喪失　喪屍

7 shāndòng 　　扇（搧）動　煽動

㋑　扇（搧）動：蝴蝶扇（搧）動著美麗的翅膀。
　　煽動：不能允許有人煽動鬧事。

8　shānlù　山路　山麓

9　shānghào　商號　傷號

10　shāngshì　傷勢　傷逝

11　shàngdiào　上吊　上調

12　shàngfēng　上風　上峰

(義) 上峰：舊時指上級長官。

13　shàngjiā　上佳　上家

14　shàngjìn　上進　上勁

15　shàngshì　上世　上市　上士

16　shàngshǒu　上手　上首

17　shàngshū　上書　尚書

18　shàngsù　上訴　上溯

19　shàngwèi　上位　上尉　尚未

20 shàngxiàn 上限 上綫

21 shàngxíng 上刑 上行 [上行下效]

22 shāojī 燒雞 筲箕

義 筲箕：淘米洗菜等用的竹器，形狀像簸箕。

23 shèliè 涉獵 射獵

24 shèxiàn 設限 射綫

25 shēncháng 身長 伸長 深長

26 shēnshì 紳士 身世

27 shēnshǒu 伸手 身手 身首 [身首異處]

28 shēnyuān 申冤 深淵

29 shénhuà 神話 神化

30 shénqí 神奇 神祇

31 shénzhì 神志 神智

32 shěnchá 審查 審察

例 **審查**：經過多番審查，已確定他的供詞屬實。

審察：經仔細審察案發現場，終於找到了破案綫索。

33 shěndìng 審訂 審定

例 **審訂**：總編正在審訂書稿。

審定：董事會正在審定那份計劃書。

34 shènrù 滲入 慎入

35 shēngmíng 聲名 聲明

36 shēngmǔ 生母 聲母

37 shēngpí 生啤 生皮

義 **生皮**：沒有經過鞣製的皮。

38 shēngqì 生氣 聲氣

39 shēngsè 生色 生澀 聲色

40 shēngshì 升勢 聲勢 生勢 生事

音 shēngshì（升勢、聲勢、生勢、生事）與 S-10 shāngshì（傷勢、傷逝）：

「升」字的韻母 eng 與「傷」字的韻母 ang 都是後鼻音。不

同的是韻頭。

「升」的韻母 eng，由發 e 開始，口形扁。

「傷」的韻母 ang，由 a 開始發音，口形圓。

41　shēngxiào　　生效　生肖

42　shēngxué　　升學　聲學

43　shēngyuán　　生員　生源　聲援　聲源

44　shēngyuè　　聲樂　升躍

45　shēngzhǎng　生長　升漲

（例）　生長：那裏土地貧瘠，莊稼無法生長。

　　　升漲：最近物價一直往上升漲。

46　shēngzhàng　升帳　聲障

47　shēngzhí　　升值　生殖　升職

48　shèngdì　　　勝地　聖地

（例）　勝地：黃山是旅遊勝地。

　　　聖地：麥加是伊斯蘭教教徒心中的聖地。

49　shèngjì　　　勝蹟　勝績

50	shèngshì	盛世	盛事	
51	shīfàn	師範	失範	
52	shī·fu	師父	師傅	

例 師父：我下午要去聽明淨師父講經。

師傅：這位木匠師傅的手藝特別好。

53	shījiào	失教	施教	
54	shīlǐ	失禮	施禮	
55	shīshēn	失身	濕身	屍身
56	shīshí	失時	失實	
57	shīshì	失事	師事	施事 失勢
58	shīshǒu	失手 — 失守	屍首 （shīshou）	
59	shīwù	失誤	失物	
60	shīxiào	失笑	失效	
61	shīyì	失意	失憶	詩意

62	shīzhēn	失真	失貞	施針
63	shīzhǔ	失主	施主	
64	shīzi	獅子	蝨子	
65	shíbǎn	石板	石版	
66	shíběn	蝕本	十本	
67	shícháng	時常	時長	
68	shífāng	石方	十方	
69	shífēn	十分	時分	
70	shíhuà	實話	實化	石化
71	shíjì	實際	實績	
72	shíjià	時價	實價	
73	shíjiān	時間	時艱	
74	shíjiàn	實踐	識見	十件

| 75 | shíkè | 石刻 | 時刻 | 食客 | 蝕刻 |

| 76 | shílì | 實例 | 實力 |

| 77 | shímò | 石墨 | 石漠 |

㈪ 石漠：佈滿礫石的荒漠。

| 78 | shíquán | 實權 | 十全 |

| 79 | shíshí | 實時 | 時時 |

| 80 | shíshì | 時事 | 實事 | 時式 |
| | | 時世 | 石室 | 實是 |

| 81 | shíshù | 時數 | 實數 |

| 82 | shísù | 時速 | 食宿 |

| 83 | shítáng | 食堂 | 食糖 | 石塘（Shítáng） |

| 84 | shíwù | 食物 | 實物 | 實務 | 時務 | 什物 |

| 85 | shíxiàn | 實現 | 實綫 | 時限 |

86 shíxiàng 　石像　實相　食相　識相　十項

音 shíxiàng（石像、實相、食相、識相、十項）與 S-85 shíxiàn（實現、實綫、時限）：

「像」字的韻母 iang 是後鼻音，「現」字的韻母 ian 是前鼻音。

iang 是在發 ang 前加一段由 i 舌位開始的發音動程，發音過程中舌頭向後。

ian 先發扁嘴的 i，之後發 an，但發這個 a（ê）時舌位稍微高一點。

87 shíyán 　食言　食鹽

88 shíyòng 　實用　食用

89 shíyóu 　石油　食油

90 shízhèng 　時政　實證

91 shízì 　識字　十字　實字

92 shízú 　十足　實足

例 十足：爺爺中氣十足，身體特棒。

實足：身份證上要印上你的實足年齡。

93 shǐguǎn 　使館　史館

S

131

94 shìchǎng 市場 試場

95 shìfēi 是非 試飛

96 shìgù 事故 (shì·gù) 世故 (shìgu)

(例) **事故**：昨天這條街發生了嚴重的交通事故。

世故：這人有些世故，不會得罪人。

97 shìhào 嗜好 謚號

(義) **謚號**：古時帝王、諸侯、文臣武將死後，朝廷據其生前事跡
給予的稱號。

S

98 shìjì 試劑 世紀 事跡

99 shìjiè 世界 視界

100 shìjǐng 示警 市井

101 shìlì 勢力 視力 勢利 事例

侍立 市立 示例

102 shìqíng 世情 事情 (shìqing)

103 shìrén 世人 士人 示人

104 shìshí 　　適時　事實

105 shìshì 　　視事　世事　逝世　事事

106 shìsǐ 　　誓死　視死 [視死如歸]

107 shìtài 　　事態　世態

例　**事態**：事態嚴重，我們要好好商量對策。
　　世態：世態炎涼，怎不叫人失望。

108 shìtú 　　仕途　視圖　試圖

109 shìwēi 　　示威　式微

義　式微：事物由興盛而衰落。

110 shìwù 　　事務　事物　視物　飾物

111 shìyí 　　適宜　釋疑　事宜

112 shìyì 　　示意　適意　世誼　釋義　視藝

113 shìyòng 　　試用　適用

114 shìzhí 　　市值　適值

115	shìzhì	試製	市制		
116	shìzǐ	拭子	釋子	世子	士子
117	shìzi	柿子	式子		
118	shìzú	士族	氏族	世族	士卒
119	shōushì	收市	收視		
120	shǒufǔ	首府	首輔		
121	shǒufù	首付	首富		
122	shǒugōng	手工	守宮	首功	
123	shǒuhù	守護	首戶		
124	shǒujì	首季	手記	手技	手跡
125	shǒujuàn	手卷	手絹		
126	shǒushì	手勢	守勢	首飾（shǒushi）	
127	shǒuwèi	首位	守衛		

128 shǒuyè　　守業　守夜

129 shǒuzhǎng　首長　手掌

130 shǒuzhàng　手杖　手賬

131 shǒuzhǐ　　手紙　手指

132 shǒuzuò　　首座　手作

133 shòujīng　　受精　受驚

134 shòujiǎng　授獎　受獎

例　**授獎**：下週召開授獎大會，向得獎人士頒發獎狀。
　　受獎：他三年之內兩次立功受獎。

135 shòulǐ　　　受禮　壽禮　受理

136 shòuquán　授權　受權

例　**授權**：政府授權給那家機構去執行公務。
　　受權：外交部剛剛受權發表聲明。

137 shòuyì　　　授意　受益

138 shūshì　　　書市　舒適

139 shūyè　書頁　輸液

140 shūzhǎn　書展　舒展

141 shúshí　熟食　熟識

142 shùlì　樹立　豎立

例　樹立：他給人們樹立了好榜樣。

豎立：商場門口豎立著一塊大大的廣告牌。

143 shùzhī　樹枝　樹脂

144 shuāngshēng　雙生　雙聲

145 shuǐdào　水道　水稻

146 shuǐlì　水力　水利

147 shuǐlù　水陸　水路

148 shuǐmò　水墨　水磨

149 shuǐtǎ　水塔　水獺

150 shuǐxiāng　水鄉　水箱

S

151 shuǐxiè　　水榭　水瀉　水泄 [水泄不通]

152 shuǐxiù　　水袖　水鏽

153 shuǐzǎo　　水藻—水蚤

154 shuǐzhì　　水質　水蛭

155 shùnbiàn　順變　順便

156 shuōhe　　說和　說合

⑩ 說和：那倆人本來有矛盾，經老李說和，已經和好了。
　　說合：他們公司兩對恩愛夫妻當初都是老李說合的。

157 sīlì　　　私立　私利

158 sīmù　　　私募—思慕

159 sīniàn　　私念—思念

160 sīyǔ　　　絲雨—私語

161 sǐjì　　　死記　死寂　死忌

162 sǐjié　　　死結　死節

S

163　sǐqì　死契　死氣 [死氣沉沉]

164　sìshí　四時　四十　巳時

sìshí（四時、四十、巳時）與 S-104 shìshí（適時、事實）：

「四」字的聲母 s 是平舌音，舌尖向前平伸，和上門齒背接近，中間留一條窄窄的縫，讓氣流從中擠出去。發音時上下齒不打開。

「適」字的聲母 sh 是翹舌音，舌尖翹起，與上牙床背後接近，中間留一道窄縫，氣流從中間通過。發音的同時上下齒稍微打開。

165　sìyì　肆意　四億　四溢 [香氣四溢]

166　sōujiǎo　搜繳　搜剿

167　sùjìng　肅靜　素淨（sùjing）　肅敬

168　sùshí　素食　速食

169　sùyuàn　宿怨　夙願（宿願）　素願

170　sùzhì　素質　宿志

171　sùzhuāng　素裝　素妝

素裝：一位身著素裝的姑娘在湖邊撫琴。

S

138

素妝：我覺得，她素妝淡抹更為迷人。

172 suànshì　　算式　算是

173 suànshù　　算數　算術

174 suíyuán　　隨員　隨緣

S

T

掃碼聽錄音

1 táibù 台步 枱布

2 tāntú 貪圖 灘塗

3 tánxìng 談興 彈性

4 tǎnchéng 坦承 坦誠

5 tànchá 探查 探察

例 探查：這件事一定要認真探查。

探察：偵察兵已經去探察敵情了。

6 tànhuà 炭畫 炭化

音 tànhuà（炭畫、炭化）與 D-33 dànhuà（淡化、氮化）：

「炭」字的聲母是 t，舌尖頂住上牙床，然後突然放開發音。

t 是送氣音，送出的氣流較強。

「淡」的聲母是 d，舌尖頂住上牙床，然後突然放開發音。

「炭」和「淡」字的韻母都是前鼻音 an。

an 由 a 開始發音，但發 a 時舌尖往前一點輕觸下齒背。發完 a 後，舌面稍微上升，舌尖離開下齒背直奔上門齒後的上牙床，舌尖抵住上牙床後發 -n，口腔出氣的通道堵住，氣流從鼻孔出去。

7 tànxī   嘆息 嘆惜 探析 探悉

8 tànxún   探詢 探尋

例 探詢：近來有不少人來探詢何時招工。

探尋：考古人員不斷探尋，也沒有收穫。

9 tāngchí   湯池 湯匙

10 tāoguāng   叨光 韜光 [韜光養晦]

11 tàoqǔ   套曲 套取

12 tèjí   特輯 特級

13 tèyì   特異 特意

14 tèzhì   特製 特質

15 téngyuè   騰躍 騰越

16 tíbá 　　提拔　題跋

17 tící 　　提詞　題詞

㉺ 提詞：他台詞都背下來了，不用提詞。
　　題詞：這是大師的親筆題詞，很珍貴。

18 tíhú 　　醍醐　鵜鶘

19 tíhuā 　　提花　題花　蹄花

20 tíjí 　　提及　提級

21 tíyì 　　提議　題意

22 tízi 　　提子　蹄子

23 tǐlì 　　體力　體例

24 tǐliàng 　　體諒　體量

25 tǐwèi 　　體味　體位

26 tǐxíng 　　體型　體形

㉺ 體型：大人和孩子的體型有著顯著的區別。
　　體形：媽媽一直保持著標準體形。

27	tǐzhì	體制	體質	
28	tiāngōng	天宮	天公	天工 [巧奪天工]
29	tiānliàng	天亮	天量	
30	tiānsè	天色	添色	
31	tiānxuán	天旋 [天旋地轉]	天懸 [天懸地隔]	
32	tiānzī	天資	天姿	
33	tiáolǐ	條理	調理	
34	tiáoshì	調試	調適	
35	tiáowén	條紋	條文	
36	tiàoyuè	跳越	跳月	跳躍
37	tīngzhèng	聽證	聽政	
38	tōngguān	通關	通觀	
39	tōnglì	通力	通例	

T

40	tōngmíng	通明 — 通名
41	tóngbǎn	銅板 — 銅版
42	tónghuà	童話　同化
43	tóngnián	同年 — 童年
44	tóngrén	瞳仁 — 同人（同仁）— 銅人
45	tóngshēng	同聲　童聲　同生 — 童生
46	tóngxīn	同心 — 童心 — 銅芯
47	tóngxìng	同性 — 同姓
48	tóngxiù	銅臭　銅鏽

⑩ 銅臭：這個人一身銅臭味，令人反感。
銅鏽：上面佈滿銅鏽，怎麼才能去掉呢？

49	tóngyán	童言　童顏
50	tóngyì	同義　同意
51	tóngzhēn	童真　童貞

52	tóngzhì	同志	同治（Tóngzhì）

53	tǒngzhì	統治	統制

例 統治：殖民統治下的人民，沒有自由。

統制：他說，「統制」就是統一控制，如「統制救災物資」。

54	tóusù	投訴	投宿

55	tuányuán	團員 — 團圓

56	tuīdǎo	推導	推倒

57	tuītuō	推脫	推託

例 推脫：他這是推脫責任。

推託：她推託嗓子啞了，不肯唱歌。

58	tuīxiè	推卸	推謝

59	tuīyǎn	推演	推衍

例 推演：氣溫變化週期是根據大量數據和記錄推演出來的。

推衍：我是根據以上論據推衍出這一結論的。

60	tuíshì	頹勢	頹市

61	tuìhuà	退化 — 蛻化

62	tuìhuǒ	退火 — 退伙
63	túnjù	囤聚 — 屯聚
64	tuōbǎ	拖把 — 脱靶
65	tuōsè	脱色 — 脱涩

1	wàibù	外部	外埠	
2	wàijiā	外加	外家	
3	wàijiè	外界	外借	
4	wàimào	外貿	外貌	
5	wàishāng	外傷	外商	
6	wàishì	外事	外室	外飾
7	wàiwù	外務	外物	
8	wàixiàn	外綫	外縣	

9	wàiyù	外遇	外域
10	wàizhì	外置	外痔
11	wánbì	完畢	完璧 [完璧歸趙]
12	wánjù	玩具	完聚
13	wánshàn	完善	紈扇
14	wànshì	萬世	萬事
15	wánggōng	王宮	王公
16	wǎngrán	枉然	惘然

例 **枉然**：計劃得再好，申請不到經費也是枉然。

惘然：看著她漸漸走遠的背影，他惘然若失。

17	wàngshì	旺勢	旺市
18	wàngyuè	旺月	望月
19	wēibó	微博	微薄
20	wēifēng	微風	威風

21　wēihè　　威嚇　威赫

例　威嚇：黑社會頭子威嚇他。

威赫：曹操威赫一時。

22　wēijí　　危及　危急

23　wēilì　　微利　微粒　微力　威力

24　wēiwēi　　微微　巍巍

25　wēixìn　　微信　威信

26　wēixíng　　微型　微行

義　微行：帝王或高官隱蔽自己的身份改裝出行。

27　wēiyán　　微言　威嚴　危言 [危言聳聽]　危岩

28　wēiyí　　威儀　逶迤

29　wéiwǔ　　為伍　違迕

30　wéiwù　　唯物　違誤

義　違誤：違反和延誤（多用於公文）。

31　wěixiè　　萎謝　猥褻

149

32 wěizhuī 尾追 — 尾椎

33 wèidào 味道（wèi·dao） 衛道

34 wèimiǎn 未免 慰勉

35 wèiyù 衛浴 未癒

🔊 wèiyù（衛浴、未癒）與 W-9 wàiyù（外遇、外域）：

「衛」字的韻母是 uei（ui），先發 u 後發 ei，舌位先降後升，由後到前。

「外」字的韻母是 uai，在 ai 前加一段由 u 舌位開始的發音動程。舌位先降後升，由後到前，活動幅度大。口形由小圓到大圓再到扁。

36 wénjù 文具 文句

🔊 wénjù（文具、文句）與 W-12 wánjù（玩具、完聚）：

「文」字的韻母 uen 與「玩」字的韻母 uan 都是前鼻音。不同的是韻腹。

發韻母 uen 是在 en 前加一段由 u 舌位開始的發音動程。

發韻母 uan 是在 an 前加一段由 u 舌位開始的發音動程。

37 wénlǐ 紋理 — 文理 文禮

38 wénqì 文氣 文契

| 39 | wénshì | 紋飾 — 文飾 | 文士 |

| 40 | wénzhì | 文治 | 文質 ［文質彬彬］ |

| 41 | wènshì | 問世 | 問事 |

| 42 | wúcháng | 無償 — 無常 |

| 43 | wújī | 無機 — 無稽 |

| 44 | wújí | 無極 | 無及 | 無疾 ［無疾而終］ |

| 45 | wújì | 無際 — 無濟 ［無濟於事］ |
| | | 無忌 | 無計 ［無計可施］ |

| 46 | wúshuāng | 無霜 | 無雙 |

| 47 | wúwèi | 無味 | 無畏 | 無謂 |

例 無味：這種液體無色無味。

無畏：牆上有他的書法作品，寫著「無私無畏」。

無謂：時間有限，我們不做無謂的爭論。

| 48 | wúwù | 無誤 | 無物 |

| 49 | wúxiá | 無暇 — 無瑕 |

例 **無暇**：他最近白天和晚上都要照顧病人，無暇參加聚會。
無瑕：這裏的江水綠得像一塊無瑕的翡翠。

| 50 | wúxiàn | 無綫 | 無限 |

| 51 | wúyí | 無疑 | 無遺 |

| 52 | wúyǐ | 無以 — 無已 |

| 53 | wúyì | 無異 — 無義 | 無意 | 無益 |
| | | 無藝 | 無翼 |

| 54 | wúyuán | 無緣 | 無援 |

| 55 | wǔgōng | 武功 — 武工 |

| 56 | wǔguān | 五官 | 武官 | 五關 [過五關斬六將] |

| 57 | wǔxíng | 五刑 | 五行 |

| 58 | wǔyì | 舞藝 — 武藝 | 五億 | 五邑 |

| 59 | wǔyuè | 五月 | 五嶽 (Wǔ Yuè) |

60 wùhuà 物化 霧化

61 wùshì 物事—物是 [物是人非] 误事

62 wùxū 务虚 务须 戊戌（Wùxū）

W

X

1　xībó　　稀薄　錫箔　錫伯［錫伯族（Xībózú）］

2　xīhuà　　西化　西畫

🔊 xīhuà（西化、西畫）與 **Q-1** qīhuà（七畫、漆畫）：

「西」和「七」字的韻母都是單韻母 i。

「西」字的聲母 x 是舌面音。發音時舌尖下垂，舌面向前向上，接近硬顎前部，留一條窄縫，氣流從窄縫通過。

「七」字的聲母 q 也是舌面音。舌面向前向上，緊貼硬顎前部，舌尖下垂，發音時舌面放鬆一點，氣流從窄縫通過。氣流強，是送氣音。

3　xījīng　　吸睛　西經

4　xīlì　　悉力　惜力　吸力

　　　　　犀利　西曆　淅瀝

🔊 xīlì（悉力、惜力、吸力、犀利、西曆、淅瀝）與 **S-157** sīlì

（私立、私利）：

「悉」字的聲母是舌面音 x，韻母 i 是單韻母。聲母 x 發音時舌尖下垂，舌面向前向上，接近硬顎前部，留一條窄縫，氣流從窄縫通過。發韻母 i 口形是扁的，嘴角盡量向左右展開，舌位最高。

「私」字的漢語拼音 si 是「整體認讀音節」，發音時把聲母「s」稍微拉長一點即可，「i」不用理會。

X

5　xīpí　　　　西皮　嬉皮

6　xīshì　　　西式　稀釋　稀世

7　xīxià　　　膝下　西夏（Xī Xià）

8　xīyì　　　　蜥蜴　西翼　希翼

9　xìmù　　　戲目　細目

10　xiāzǐ　　　蝦子　瞎子（xiāzi）

11　xiàhé　　　下頜　下河

12　xiàshì　　　下市　下世　下士

13　xiàxiàn　　下綫　下陷　下限

14	xiàxiè	下泄	下瀉		
15	xiānjué	先決	先覺		
16	xiānrén	仙人	先人		
17	xiánqì	嫌棄	閒氣	閒棄	賢契
18	xiánrén	閒人	賢人		
19	xiánshì	閒事	閒適	賢士	
20	xiánshū	閒書	賢淑		
21	xiǎnyào	險要	顯要	顯耀	
22	xiànchéng	現成	縣城		
23	xiànjià	現價	限價		
24	xiànjīn	現金	現今	獻金	
25	xiànshēn	現身	陷身	獻身	
26	xiànshí	現時	現實	限時	

27	xiànshì	縣市	現勢	現世	

28	xiànxià	綫下	現下		

29	xiànxíng	現形	現行	限行	綫型 [流綫型]

(例) 現形：清末小說《官場現形記》是名著。

現行：現行制度不允許你這麼做。

30	xiànyú	限於	陷於	

31	xiànzhì	限制	縣誌	縣治

32	xiāngcài	香菜	湘菜	

33	xiāngjiàn	相見	相間	

34	xiāngjù	相距	相聚	湘劇

35	xiāngsī	相思	鄉思	

36	xiāngxiàng	相像	相向	

37	xiāngyìng	相應	相映	

(例) 相應：環境變了，工作方式也要相應地做出改變。

相映：湖光塔影，相映成趣，真美！

38 xiángfú   降伏—降服

例 降伏：別說馴馬，他連毛驢都降伏不了。
    降服：很多敵軍繳械降服，做了俘虜。

39 xiāohào   消耗 銷號

40 xiāoshí   消食 銷蝕

41 xiāoshì   消逝 消釋 銷勢

例 消逝：他的生命正慢慢消逝，她悲痛欲絕。
    消釋：他跟我談過之後，我腦中的疑團消釋了。
    銷勢：最近，這款手機的銷勢大好。

42 xiāoshòu   消受 銷售 消瘦

43 xiāoxiāo   蕭蕭—瀟瀟

44 xiǎojié   小結 小節

45 xiǎojiě   小解 小姐（xiǎojie）

46 xiǎomài   小麥 小賣

47 xiǎoqì   小憩 小氣（xiǎoqi）

158

48	xiǎoshí	小時 小食

| 49 | xiǎoshì | 小事 小視 小市 小試 [小試牛刀] |
| | | 曉市 曉示 |

50	xiǎoxiū	小修 小休

51	xiǎozhuàn	小篆 小傳

52	xiàojì	校際 效績

53	xiēzi	蠍子 楔子

54	xiédài	攜帶 挾帶 鞋帶

⑩ **攜帶**：上飛機嚴禁攜帶危險品。

挾帶：山洪暴發，河水挾帶大量泥沙滾滾而下。

55	xiéhé	諧和 協和

56	xiélù	斜路 邪路

57	xiémiàn	斜面 鞋面

X

58　xiétóng　　協同　偕同

例　協同：兩個軍團協同作戰，打了大勝仗。
　　偕同：陳教授偕同他的學生參加了這次研討會。

59　xièlòu　　泄漏　泄露

例　泄漏：煤氣管道損壞，煤氣大量泄漏。
　　泄露：總經理提醒我們，不准泄露公司機密。

60　xièqì　　泄氣　懈氣

例　泄氣：遇到困難也不要悲觀泄氣。
　　懈氣：工作有了成績，要繼續努力，可不能懈氣。

61　xièzhuāng　卸妝　卸裝

例　卸妝：卸妝不徹底，會損害臉部皮膚。
　　卸裝：演出一結束，演員忙著跑向後台卸裝。

62　xīnfáng　　心房　心防　新房

63　xīnfú　　心服　心浮

64　xīngān　　心甘　心肝

65　xīnjī　　心機　心肌

66　xīnjì　　心計　心悸　心跡

67	xīnjiān	心尖	心間		
68	xīnjìng	心境	心靜		
69	xīnlǜ	心率—心律		新綠	
70	xīnshì	心事	心室	新式	新事
71	xīnshù	心術	心數		
72	xīnsuān	心酸	辛酸		

例 心酸：她痛苦的樣子，讓人看了心酸。

辛酸：辛酸的往事，不堪回首。

73	xīnxǐ	欣喜	心喜	新禧
74	xīnxiāng	馨香	新鄉（Xīnxiāng）	
75	xīnxīng	新星	新興	
76	xīnxíng	新型	心形	
77	xīnyì	新意	心意	
78	xīnzhì	心智—心志		新制

79 xìnshǒu 信守 信手

80 xīngtú 星圖 星途

81 xīngxiàng 星相 星象

例 星相：古代很多讀書人精通易卜星相。

星象：欽天監夜觀星象，知道將有大事發生。

82 xíngfáng 行房 刑房

83 xíngjì 行跡 形跡

例 行跡：他周遊世界並沒有計劃，所以行跡不定。

形跡：有個形跡可疑的人在那裏窺看。

84 xínglǐ 行禮 行李 (xíngli)

85 xíngqī 行期 刑期

86 xíngshǐ 行使 行駛

87 xíngshì 形式 形勢 行事 刑事

88 xǐngmù 醒木 醒目

89 xìnghuì 幸會 興會

90   xìngshì   姓氏 — 性事   幸事

91   xìngzhì   興致   性質

92   xiōngqì   兇氣 — 兇器

93   xióngfēng   雄風 — 雄蜂

xióngfēng（雄風、雄蜂）與 H-39 hóngfēng（洪峰、紅楓）：
「雄」字的聲母是 x，「洪」字的韻母是 h。

x 發音時舌尖下垂，舌面向前向上，接近硬腭前部，留一條窄縫，氣流從窄縫通過。發 h 時舌根接近軟腭，中間留一道很窄的縫，讓氣流從窄縫裏擠出來。

「雄」字的韻母 iong 與「洪」字的韻母 ong 都是後鼻音，不同的是韻頭。

「雄」字的韻母 iong，在發 ong 前加一段由 i 舌位開始的發音動程，發音過程中舌頭向後。「洪」字的韻母 ong，開始發 o 音，但與單韻母 o 稍有不同，實際上是低舌位的 u 音，口稍開，然後舌頭後縮，舌根微升，口腔通路封閉，發後鼻音 -ng。

94   xióngshì   雄視   熊市

95   xiūqì   修葺   休憩 — 休棄

96   xiūshì   休市   修士   修飾

97　xiūyǎng　　修養　休養

98　xiūyè　　　休業　修業

例　休業：這家餐廳春節休業三天。
　　修業：這所中專的修業年限是兩年。

99　xiūzhěng　　休整　修整

例　休整：足球隊要利用比賽空隙進行休整。
　　修整：花園經過修整，又漂亮又整齊。

100　xiùbiāo　　袖標　袖鏢

101　xūcí　　　虛詞　虛辭

102　xūyào　　　需要　須要

例　需要：政府制定政策應該考慮市民的需要。
　　須要：教育兒童須要極大的耐心，不能不耐煩。

103　xùmù　　　序目　序幕　畜牧

104　xùshù　　　敘述　序數

105　xuānshì　　宣示　宣誓

106　xuǎnjí　　　選集　選輯

107 xuébù 　　學步　學部

108 xuélì 　　學歷　學力

⑩ **學歷**：這份工作沒有學歷要求。

　　學力：事業的成功，不在學歷，而在學力。

109 xuéshí 　　學時　學識

110 xuéwèi 　　穴位　學位

111 xuěbào 　　雪豹　雪暴

112 xúnchá 　　尋查　巡查　巡察　詢查

⑩ **尋查**：經過多年尋查，他找到了失散多年的妹妹。

　　巡查：雨季來臨，一定要仔細巡查堤防，不能鬆懈。

　　巡察：省長到鄉村巡察去了。

　　詢查：他多番詢查，問了好幾個人才有結果。

113 xúnwèn 　　詢問　尋問

114 xùndǎo 　　訓導　馴導

115 xùnjí 　　迅即　迅急　迅疾

⑩ **迅即**：大帥有令，情況緊急，迅即出發，不得耽誤。

　　迅急：祖父情況不好，我迅急回家。

迅疾：他舞劍的動作迅疾，令人眼花繚亂。

xùnqíng　　殉情　徇情　[徇情枉法]

⑩　殉情：這對情侶一時想不開，雙雙殉情，太可惜了。

徇情：法制的完善使徇情枉法的現象逐漸減少。

掃碼聽錄音

Y

1   yātóu　　　鴨頭　　丫頭（yātou）

2   yāyùn　　　押韻　　押運

3   yǎjù　　　　啞劇　　雅聚

4   yānhóng　　嫣紅　　胭紅　　殷紅

㊟　嫣紅：姹紫嫣紅中的「嫣紅」是鮮艷的紅色。
　　胭紅：胭紅的朝霞像胭脂的紅色。
　　殷紅：那血是殷紅色，紅中帶黑，很可怕。

5   yānmò　　　淹沒　　湮沒

㊟　淹沒：洪水淹沒了大片耕田。
　　湮沒：他很有才華，卻懷才不遇，多年來湮沒無聞。

6   yānzhī　　　胭脂（yānzhi）　　焉知　　閼氏

7   yánchí   延遲   鹽池

8   yáncí   言詞   嚴詞

🔊 yáncí（言詞、嚴詞）與 Y-7 yánchí（延遲、鹽池）：

「詞」字的漢語拼音 ci 與「遲」字的漢語拼音 chi 都是「整體認讀音節」。

「詞」的漢語拼音是 ci。發音時把聲母「c」稍微拉長一點即可，「i」不用理會。

「遲」的漢語拼音是 chi。發音時把聲母「ch」稍微拉長一點即可，「i」不用理會。

9   yángé   嚴格   沿革

10   yánjiāng   岩漿   沿江

11   yánjǐn   嚴緊   嚴謹

12   yánlì   嚴厲   妍麗   沿例

13   yánlù   沿路   言路

📖 言路：舊指人臣向朝廷進言的途徑。

14   yánxí   研習   沿襲   筵席

15   yánzhèng   嚴正   炎症

16 yánzhòng 嚴重 言重

音 yánzhòng（嚴重、言重）與 Y-15 yánzhèng（嚴正、炎症）：
「重」字的韻母 ong 與「正」字的韻母 eng 都是後鼻音。不同的是韻頭。

「重」字的韻母 ong，開始發 o 音，但與單韻母 o 稍有不同，實際上是低舌位的 u 音，口稍開，然後舌頭後縮，舌根微升，口腔通路封閉，發後鼻音 -ng。

「正」字的韻母是 eng，由發 e 開始，然後口微開，舌頭向後縮，舌根上升，口腔通路封閉，發後鼻音 -ng。

17 yǎnshēng 衍生 眼生

18 yǎnshì 演示 掩飾

19 yǎnyì 演繹 演藝 演義

例 演繹：他把曹操這個角色演繹得極為出色。
演藝：他的演藝事業剛剛開始。
演義：他很小就看《三國演義》了。

20 yànquè 燕雀 鵪雀

21 yángqì 洋氣（yáng·qì） 陽氣 揚棄

22 yángshēng 揚聲 揚升

23	yǎngqì	氧氣	養氣	
24	yāowù	妖物	妖霧	
25	yáochuán	謠傳	搖船	
26	yáodòng	搖動	窯洞	
27	yàodiǎn	要點	藥典	
28	yàofàn	要犯	要飯	
29	yàoshi	鑰匙	要是	
30	yàowù	藥物	要務	
31	yèyīng	夜鶯	夜鷹	
32	yíbàn	一半	一瓣	
33	yíbiǎo	儀表	姨表	儀錶
34	yídài	一代	一袋	一帶
35	yílì	一力	一例	一粒

36	yílǜ	一律　疑慮
37	yírén	怡人　宜人
38	yíróng	儀容　遺容
39	yíshì	一世　一事　儀式　遺世 [遺世獨立]
40	yíwèi	一味　一位　移位
41	yíxiàn	一綫 [一綫生機]　胰腺
42	yízhào	遺詔　遺照　一兆
43	yízhì	一致　移至　遺志　一擲 [孤注一擲]

🔊 yízhì（一致、移至、遺志、一擲 [孤注一擲]）與 Y-39 yíshì
（一世、一事、儀式、遺世 [遺世獨立]）：

「世」字的聲母 sh 與「致」字的聲母 zh 都是翹舌音。

「世」字的聲母是 sh，舌尖翹起，和上牙床後面接近，中
間留一道窄縫，氣流從中間通過。發音的同時上下齒稍微
打開。

「致」字的聲母 zh。舌尖翹起，抵住上牙床後面，發音時把
舌尖放鬆一點，讓氣流從中間通過。發音的同時上下齒稍微
打開。

44 yízú 　彝族（Yízú）— 夷族　遺族

45 yǐhòu 　以後　蟻后

46 yǐwǎng 　以往 — 已往

㊙ 以往：這裏以往是荒野，現在遍地高樓。
　　已往：老想著已往的不愉快沒有意義，畢竟已經過去了。

47 yǐzhì 　以至 — 以致

48 yìbān 　一般　一班 — 一斑

49 yìchù 　益處　異處 ［身首異處］

50 yìdì 　異地　易地

51 yìduān 　一端　異端

52 yìhuì 　意會　議會

53 yìjià 　議價　溢價

54 yìjiàn 　意見　易見 ［顯而易見］　臆見

55 yìjǔ 　一舉　義舉

56 yìlì　　毅力　屹立　義利 [義利之辨]

57 yìmǐ　　一米　薏米

58 yìrì　　翌日　異日

⑩ 翌日：清明節翌日是公眾假期。

　　異日：他回電郵了：「今日無法決定，留待異日再決」。

59 yìshí　　一時　意識（yì·shí）　一石 [一石二鳥]

60 yìshì　　議事　異世　義士　逸事（軼事）

61 yìshù　　藝術　譯述　異數

62 yìtǐ　　一體　異體

63 yìtóng　　異同　異瞳　一同

64 yìtú　　意圖　藝徒

65 yìwèi　　意味　異味　易位

66 yìwén　　譯文　逸聞（軼聞）

67 yìwù　　異物　義務　易物 [以物易物]

68　yìxiāng　　異鄉 — 異香　一箱 — 一廂 [一廂情願]

69　yìxiǎng　　意想　臆想　異想 [異想天開]

(例)　意想：這真是意想不到的事。

臆想：過度的臆想會使人分不清現實和虛幻。

異想：他這個異想天開的設想得到了老師的誇讚。

70　yìxiàng　　義項　意向　意象　異象

71　yìxīn　　一心 — 一新　異心

72　yìyì　　意義　異議　意譯　熠熠 [熠熠生輝]

　　奕奕 [神采奕奕] — 翼翼 [小心翼翼]

73　yìyù　　抑鬱　意慾　異域

74　yìyuàn　　意願　議院　藝苑

75　yìyùn　　意蘊　意韻

(例)　yìyùn（意蘊、意韻）與 Y-74 yìyuàn（意願、議院、藝苑）：

「蘊」字的韻母 ün 與「願」字的韻母 üan 都是前鼻音。

「蘊」的韻母 ün，是 ü 加後鼻韻尾 -n，唇形發 ü 時收斂到 -n
時即展放。

「願」的韻母 üan，發 an 前加一段由 ü 舌位開始的發音動

程，但 ɑ 的舌位要稍微高一點。

76	yìzhǐ	一指 一紙 [一紙空文] 懿旨 抑止

77	yìzhì	抑制 意志 異質 易幟 益智
		譯製 逸致 [閒情逸致]

78	yìzhù	譯注 譯著

79	yīnsù	因素 音速 音素

80	yīnwèi	因為 音位

81	yīnyì	音譯 音義 陰翳（陰翳）

82	yīnyuán	因緣 姻緣

83	yīnzhì	音質 陰騭 陰鷙

例 陰騭：你做點好事吧，為孩子積點陰騭。
陰鷙：他目露兇光，一臉陰鷙猙獰。

84	yǐnbì	隱蔽 隱避

85	yǐnhuì	隱晦 隱諱

例 隱晦：他的詩寫得十分隱晦，不容易讀懂。

隱諱：他從不隱諱自己的缺點，我挺佩服他的。

86　yǐnjiàn　　引見　引薦

87　yǐnlì　　引力　引例

88　yǐnxiàn　　隱現　隱綫　引綫

89　yǐnyù　　隱喻　飲譽

90　yìnjì　　印記　印跡

印記：他的作品帶有鮮明的時代印記。

印跡：再回到家鄉，舊日的印跡幾乎看不到了。

91　yīngmíng　　英明－英名

92　yīngwǔ　　鸚鵡－英武

93　yínglì　　盈利－營利

盈利：這個月的盈利超出了預想。

營利：這是一家慈善機構，不營利。

94　yíngtóu　　迎頭－蠅頭

95　yìnghuà　　硬化　硬話　映畫

96 yìngshì　　應試　應市　硬是

例 應試：應試教育有很多弊端。

應市：新產品即將應市。

硬是：他身體不好，可硬是不肯休息，沒辦法。

97 yǒngshì　　永世　永逝　勇士

98 yōuhuì　　優惠　幽會

99 yōumíng　　幽冥　幽明

100 yōuyǎ　　優雅　幽雅

例 優雅：媽媽九十歲了，依然高貴優雅。

幽雅：這裏亭台樓閣，小橋流水，環境幽雅。

101 yōuyì　　優異　憂悒

義 憂悒：憂愁不安。

102 yōuyù　　憂鬱　優裕　優遇　優育

103 yóuchuán　　遊船　油船　郵船

104 yóulún　　郵輪　油輪

105 yóuxiāng　　油箱　郵箱　油香　遊鄉

106	yóuyì	游弋	遊藝	
107	yóuyǒng	游泳	遊勇	
108	yóuyú	魷魚—游魚	由於	
109	yóuzī	遊資—郵資		
110	yǒujiù	有舊	有救	
111	yǒulǐ	有理	有禮	
112	yǒulì	有利	有力	
113	yǒushí	有時	酉時	
114	yǒuxiàn	有限	有綫	
115	yǒuyì	友誼	有意 有益 有義 [有情有義]
116	yòuguǎi	誘拐	右拐	
117	yòushǒu	右手—右首		
118	yòuzhì	幼稚	誘致 釉質	

119 yòuzi　　柚子　釉子

120 yújiā　　瑜珈 — 漁家

121 yúkuài　　愉快 — 魚塊

122 yúlì　　餘力　漁利

123 yúyuè　　逾越 — 愉悅

124 yǔsù　　語速　語素

125 yǔwén　　語文 — 宇文（Yǔwén）

126 yǔyì　　語意　語義　羽翼

例　語意：爺爺的話，語意深長。
　　語義：語義學是語言學的一個分支。

127 yùchí　　浴池　尉遲（Yùchí）

128 yùdìng　　預定　預訂

例　預定：這項工程預定在明年六月完成。
　　預訂：今年很多人結婚，你要早些預訂酒席。

129 yùhuǒ　　慾火 — 浴火 [浴火重生]

130 yùjiàn   遇見 — 預見   玉劍

131 yùjǐng   預警   獄警

132 yùrè   預熱   鬱熱

133 yùshì   遇事 — 預示 — 喻示   浴室

               預試   喻世

（音）yùshì（遇事、預示、喻示、浴室、預試、喻世）與 R-25
rùshì（入市、入世、入室［登堂入室］）：

「遇」字的韻母是單韻母 ü。ü 的舌位和 i 相同（舌位最高），
只是唇形不同，ü 圓 i 扁。發 ü 時雙唇聚攏，雙唇中間留一
個扁平的小孔。

「入」字的聲母是翹舌音 r，韻母是單韻母 u。

發 r 舌尖翹起，和上牙床後面接近，中間留一道窄縫，氣流
從中間通過，顫動聲帶。發音的同時上下齒稍微打開。u 是
單韻母，發音時上下唇收攏呈小圓形，雙唇向前突出（如
撅嘴）。

134 yùyán   預言 — 寓言   浴鹽   玉顏

135 yùyì   喻意 — 寓意   愈益   鬱悒

（義）鬱悒：憂愁、苦悶。

136 yùzhī   預知 — 預支

137 yùzhǐ 　　諭旨　玉指

138 yùzhì 　　預製　御製　預置

㊋ **預製**：預製菜很方便，但營養成疑。

御製：這個花瓶的底部有「乾隆御製」四個字。

預置：達到預置時間，會自動停機。

Y

139 yùzhù 　　預祝　玉柱

140 yùzú 　　浴足　玉足　獄卒

141 yuándì 　　原地　源地　元帝

142 yuánjiàn 　　援建　原件

143 yuánquán 　　源泉　圓全

144 yuánshǒu 　　元首　援手

145 yuánsù 　　元素　原訴

146 yuánwài 　　援外　員外

147 yuánxíng 　　圓形　原型　原形

148 yuányì　　原意　　園藝

149 yuányīn　　元音　　原因

150 yuányóu　　原油—緣由

151 yuányòu　　園囿—原宥

（義）原宥：原諒寬恕。

（例）園囿：城外的宮殿園囿建築，有魏晉風格。

原宥：他發信息給我：「剛才如有得罪，敬希原宥。」

152 yuánzhù　　援助　　原著　　圓柱　　原住

153 yuánzǐ　　原子—園子（yuánzi）

154 yuǎnyáng　　遠洋—遠揚

155 yuànshì　　院試　　院士

156 yuànyì　　願意　　怨艾

（義）怨艾：怨恨。

157 yuēshù　　約束　　約數

158 yuègōng　　月工—月供—月宮

159	yuèjù	越劇 — 粵劇	樂句
160	yuèlì	閱歷 — 月曆	月例
161	yuèqǔ	樂曲	粵曲
162	yuèshì	粵式	閱世	月事
163	yuèzhōng	月中 — 月終
164	yùnfù	韻腹	孕婦
165	yùnmǔ	韻母	孕母
166	yùnshū	運輸	韻書

Y

1	zájì	雜技	雜記
2	záwù	雜務	雜物
3	zázhì	雜誌	雜質

🔊 zázhì（雜誌、雜質）與 Z-1 zájì（雜技、雜記）：

「誌」字的漢語拼音 zhì 是「整體認讀音節」，發音時把聲母「zh」稍微拉長一點即可，「i」不用理會。

「技」字的聲母是舌面音 j。舌面向前向上，緊貼硬腭前部，舌尖下垂，發音時舌面放鬆一點，氣流從窄縫通過。

「技」字的韻母是單韻母 i。發 i 口形是扁的，嘴角盡量向左右展開，舌位最高。

4	zàijiàn	再見	在建
5	zàixiàn	在綫	再現

6	zàizhí	在職	再植	
7	zǎoshì	早逝	早市	藻飾
8	zàojù	造句	灶具	
9	zàoshì	造勢	造市	
10	zēngzhí	增值	增殖	
11	zhájī	閘機	炸雞	軋機
12	zhǎnshì	展示	展事	展室
13	zhànlì	站立	戰力	戰例 戰慄（顫慄）
14	zhànshì	戰事	戰士	
15	zhàngshì	仗勢	仗恃	

例 仗勢：我最討厭仗勢欺人的人渣。

仗恃：如果仗恃兵多將廣便輕敵，必遭失敗。

| 16 | zhàngzi | 帳子 | 幛子 | |
| 17 | zhāolái | 招來 | 招徠 | |

Z

18   zhāoshì   招式   招事   昭示

19   zhéfú   折服   折福   蟄伏

20   zhéjū   謫居   蟄居

例 謫居：蘇東坡被貶謫後曾謫居黃州。

     蟄居：他遠離塵世，蟄居在那個小村莊很久了。

21   zhēnchá   斟茶   偵察   偵查

例 偵察：打仗之前一定要偵察敵情。

     偵查：這個案子已經立案偵查了。

22   zhēnjié   貞潔   貞節

23   zhēnshì   珍視   真事   真是（zhēnshi）

24   zhēnxī   珍惜   珍稀

25   zhēnzhī   真知   針織

26   zhěnshì   診室   診視

27   zhèndàng   震蕩   振蕩

例 震蕩：他向著對面的山峰大喊一聲，回聲震蕩。

     振蕩：老師說，「振蕩」就是振動，如電流的週期性變化。

28 zhèndòng 　震動 — 振動

例 震動：這個消息一公佈，立刻震動全國。
　　振動：老師說，「振動」就是振盪，如電流的週期性變化。

29 zhènshì 　陣勢 (zhèn·shì) 　陣式

30 zhēngqì 　蒸汽 — 蒸氣 — 爭氣

31 zhēngzhào 　徵召 — 徵兆

32 zhèngdiàn 　正殿 — 正電

33 zhèngfǎ 　政法 — 正法

34 zhèngjì 　政績 — 政紀

例 政績：只顧政績不幹實事的官員，不是好官。
　　政紀：這種人，應該受到黨紀政紀處分。

35 zhèngjiàn 　證件 — 政見 — 諍諫

36 zhèngjù 　證據 — 正劇

37 zhènglùn 　正論 — 政論

38 zhèngmíng 　正名 — 證明

39   zhèngpài   正派 — 政派

40   zhèngshì   政事 — 正事 — 正視   正式   正室

41   zhèngshū   證書 — 正書

42   zhèngwù   政務   證物   正誤

43   zhèngyán   證言   諍言

44   zhèngzhí   正直   正值   正職

45   zhīyè   枝葉   汁液

46   zhíbō   直播   直撥

47   zhíqín   執勤   值勤

例   **執勤**：遠處走來兩個執勤的警察。

     值勤：今晚該我值勤了，不能陪你了。

48   zhíshì   直視   執事

49   zhíshǒu   值守   職守

50 zhíshū 直抒 — 直書

例 直抒：他演講時直抒胸臆，激情滿懷。
直書：他寫文章敢秉筆直書，佩服！

51 zhíyè 職業 執業 值夜

52 zhíyì 執意 直譯

53 zhízhǎng 執掌 職掌

例 執掌：現在在后宮執掌大權的是徐貴妃。
職掌：管理人員各司其職，職掌著自己負責的部門。

54 zhǐgǔ 指骨 — 趾骨

55 zhǐmíng 指明 — 指名

56 zhǐshì 指示 — 指事 只是

57 zhǐyào 只要 紙鷂

義 紙鷂：風箏。

58 zhǐzhèng 指正 指證

59 zhì'ài 至愛 摯愛 窒礙

60 zhìdìng 制訂 制定

例 制訂：你先制訂工作計劃，下星期給我。

制定：制定憲法由人大常委會負責。

61 zhìfú 制伏 — 制服 治服

例 制伏：警察將搶劫犯制伏在地。

制服：那個穿制服的人是我的表哥。

治服：人類能治服洪水嗎？

62 zhìhuì 智慧 置喙

63 zhìlì 智力 — 致力 智利（Zhìlì）

64 zhìyí 質疑 置疑 制宜

例 質疑：在會上，不少人對他的看法提出質疑。

置疑：這件事是不容置疑的。

制宜：制定政策要因地制宜，不能千篇一律。

65 zhìyù 治癒 智育

66 zhìzhàng 智障 滯脹

67 zhōngdiǎn 鐘點 — 終點 — 中點

68 zhōnggǔ 中古 鐘鼓

69	zhōngjiān	中堅	中間
70	zhōngnián	中年	終年
71	zhōngqíng	鍾情	衷情
72	zhōngshēng	終生	鐘聲
73	zhōngshì	中式	中士
74	zhōngwèi	中衛	中尉
75	zhōngxīn	中心	忠心	衷心
76	zhōngyú	終於	忠於
77	zhōngzhǐ	中止	終止	中指
78	zhòngdì	重地	種地
79	zhòngjiǎng	中獎	重獎
80	zhònglì	重力	重利
81	zhūlián	株連	珠簾	珠聯 [珠聯璧合]

82	zhūrú	侏儒	諸如	
83	zhǔyì	主義	主意	
84	zhùcí	祝詞	助詞	
85	zhùlì	助力	佇立	
86	zhùshì	注釋	注視	
87	zhùshǒu	助手	駐守	住手
88	zhùshū	注疏	著書	
89	zhùsù	住宿	注塑	
90	zhùyuàn	祝願	住院	
91	zhuānchéng	專程	專誠	

例　**專程**：公司領導專程來看望了受傷的員工。
　　專誠：他對待愛情十分專誠。

| 92 | zhuānjí | 專輯 | 專集 | |

例　**專輯**：她的新專輯收錄了曾風靡一時的老歌。
　　專集：田教授把她的演講稿彙成了專集出版。

93	zhuānzhù	專注	專著
94	zhuǎnyì	轉義	轉譯
95	zhuāngjiā	莊家	莊稼 (zhuāngjia)
96	zhuāngjiǎ	裝甲	裝假
97	zhuāngzi	莊子	樁子
98	zhuībǔ	追捕	追補
99	zhuījī	追擊	追緝
100	zhuīsù	追溯	追訴

例 追溯：這個城堡的故事可以追溯到十八世紀。

追訴：刑法有關於追訴失效的規定。

| 101 | zhuójiàn | 灼見 | 卓見 |

例 灼見：他的真知灼見引發了人們的廣泛討論。

卓見：他對這件事的卓見是大家從未听過的。

| 102 | zhuóshí | 著實 | 卓識 |
| 103 | zīlì | 資歷 | 資力 |

104 zǐshí　　子時　籽實

105 zǐyè　　子夜　子葉

106 zìfú　　字符　字幅

107 zìjǐ　　自己　自給

108 zìjiù　　自咎　自疚　自救

例　自咎：這件事不怪你，你別再自咎了。
　　自疚：他因自己的失職而深深自疚。

109 zìjù　　字句　字據　字距

110 zìjué　　自覺　自決　自絕

111 zìlì　　自立　自利　自力　自勵

112 zìshì　　自視　自是　自恃

例　自視：他因為自視甚高，沒什麼朋友。
　　自是：他們久別重逢，自是高興。
　　自恃：他自恃有功，就看不起其他人。

113 zìwèi　　自衛　自慰

114 zìxǔ 　　自詡 — 自許

115 zìyì 　　恣意　字義　自縊　自艾 [自怨自艾]

116 zìzhì 　　自製 — 自制　自治

例 **自製**：這些點心是他精心自製的。

自制：他是個很有自制力的人。

自治：科索沃是塞爾維亞南部的一個自治省。

117 zìzhuàn 　　自傳　自轉

118 zōngshù 　　綜述　棕樹

119 zǒnghé 　　總和　總合

例 **總和**：這三個月生產量的總和是多少？

總合：把各種力量總合起來才能更強大。

120 zǒnglǎn 　　總覽 — 總攬

例 **總覽**：當領導的一定要總覽全局，才能做出整體規劃。

總攬：你已經總攬大權了，還想怎麼樣？

121 zòngshēn 　　縱深　縱身

122 zūjiè 　　租界　租借

123	zǔjiàn	組件	組建
124	zuǒshǒu	左手	左首
125	zuòfǎ	做法	作法
126	zuòjià	作價	座駕
127	zuòkè	做客	作客

例 做客：我要到朋友家做客，不能穿得太隨便。

作客：多年來，他一直作客他鄉。

附錄一：口腔發音部位圖

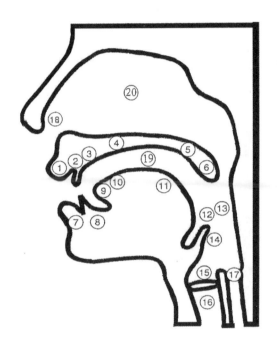

① 上唇	② 上齒	③ 齒齦
④ 硬腭	⑤ 軟腭	⑥ 小舌
⑦ 下唇	⑧ 下齒	⑨ 舌尖
⑩ 舌面	⑪ 舌根	⑫ 咽頭
⑬ 咽壁	⑭ 會厭	⑮ 聲帶
⑯ 氣管	⑰ 食道	⑱ 鼻孔
⑲ 口腔	⑳ 鼻腔	

附錄二：普通話音節形式表

	(Null)	x	q	j	r	sh	ch	zh	s	c	z	h	k	g	l	n	t	d	f	m	p	b
a	a					sha	cha	zha	sa	ca	za	ha	ka	ga	la	na	ta	da	fa	ma	pa	ba
o	o																		fo	mo	po	bo
e	e				re	she	che	zhe	se	ce	ze	he	ke	ge	le	ne	te	de		me		
ai	ai					shai	chai	zhai	sai	cai	zai	hai	kai	gai	lai	nai	tai	dai		mai	pai	bai
ei	ei					shei		zhei			zei	hei	kei	gei	lei	nei	tei	dei	fei	mei	pei	bei
ao	ao				rao	shao	chao	zhao	sao	cao	zao	hao	kao	gao	lao	nao	tao	dao		mao	pao	bao
ou	ou				rou	shou	chou	zhou	sou	cou	zou	hou	kou	gou	lou	nou	tou	dou	fou	mou	pou	
an	an				ran	shan	chan	zhan	san	can	zan	han	kan	gan	lan	nan	tan	dan	fan	man	pan	ban
ang	ang				rang	shang	chang	zhang	sang	cang	zang	hang	kang	gang	lang	nang	tang	dang	fang	mang	pang	bang
en	en				ren	shen	chen	zhen	sen	cen	zen	hen	ken	gen		nen		den	fen	men	pen	ben
eng	eng				reng	sheng	cheng	zheng	seng	ceng	zeng	heng	keng	geng	leng	neng	teng	deng	feng	meng	peng	beng
ong					rong		chong	zhong	song	cong	zong	hong	kong	gong	long	nong	tong	dong				
er	er																					
u	wu				ru	shu	chu	zhu	su	cu	zu	hu	ku	gu	lu	nu	tu	du	fu	mu	pu	bu
ua	wa				rua	shua	chua	zhua				hua	kua	gua								
uo	wo				ruo	shuo	chuo	zhuo	suo	cuo	zuo	huo	kuo	guo	luo	nuo	tuo	duo				

uai	ui	uan	uang	un	ueng	i	ia	ie	iao	iu	ian	iang	in	ing	iong	ü	üe	üan	ün
wai	wei	wan	wang	wen	weng	yi	ya	ye	yao	you	yan	yang	yin	ying	yong	yu	yue	yuan	yun
						xi	xia	xie	xiao	xiu	xian	xiang	xin	xing	xiong	xu	xue	xuan	xun
						qi	qia	qie	qiao	qiu	qian	qiang	qin	qing	qiong	qu	que	quan	qun
						ji	jia	jie	jiao	jiu	jian	jiang	jin	jing	jiong	ju	jue	juan	jun
	rui	ruan		run		ri													
shuai	shui	shuan	shuang	shun		shi													
chuai	chui	chuan	chuang	chun		chi													
zhuai	zhui	zhuan	zhuang	zhun		zhi													
	sui	suan		sun		si													
	cui	cuan		cun		ci													
	zui	zuan		zun		zi													
huai	hui	huan	huang	hun															
kuai	kui	kuan	kuang	kun															
guai	gui	guan	guang	gun															
		luan		lun		li	lia	lie	liao	liu	lian	liang	lin	ling		lü	lüe		
		nuan		nun		ni		nie	niao	niu	nian	niang	nin	ning		nü	nüe		
	tui	tuan		tun		ti		tie	tiao		tian			ting					
	dui	duan		dun		di	dia	die	diao	diu	dian			ding					
						mi		mie	miao	miu	mian		min	ming					
						pi		pie	piao		pian		pin	ping					
						bi		bie	biao		bian		bin	bing					

199